AF423053

Honró su destino

LUISA PILAR GONZÁLEZ

Honró su destino

Editorial Autores de Argentina

González, Luisa Pilar
   Honró su destino / Luisa Pilar González. - 1a ed . - Ciudad Autónoma de Buenos
Aires : Autores de Argentina, 2019.
   150 p. ; 21 x 15 cm.

   ISBN 978-987-761-995-9

   1. Narrativa Argentina Contemporánea. 2. Novela. I. Título.
   CDD A863

EDITORIAL AUTORES DE ARGENTINA
www.autoresdeargentina.com
Mail: info@autoresdeargentina.com

Diseño de portada: Justo Echeverría

1

La playa

La quilla se abría camino en el agua con furia mientras miles de gotas eran disparadas por la fricción sobre la cubierta y mojaban a los tripulantes, quienes navegaban a altas velocidades por aguas fluviales protegidas. El nerviosismo, la preocupación y también el cansancio eran evidentes, no solo el éxito de la operación pesaba sobre ellos, sino el riesgo a perder la propia vida en una mala maniobra o en el enfrentamiento con los delincuentes que perseguían.

Avanzaban sobre un río turbulento, impredecible y hasta traicionero. La lluvia torrencial acompañada de fuertes ráfagas disminuía la visión haciendo peligrosa la travesía.

—¡Más velocidad! ¡En la curva se nos escapan!

—¡El oleaje y el viento son muy fuertes, señor!

—¡No se atreva a desobedecer mis órdenes! –gritó, como si fuera la última vez, el jefe del operativo.

El río realizaba una curva cerrada y de no aumentar la velocidad los delincuentes podrían fugarse y ocultarse en cualquiera de los cientos de arroyos que recorrían las islas.

Dos patrullas de asalto con motor fuera de borda, pertenecientes a la policía portuaria, con un oficial y cinco suboficiales como tripulación cada una, perseguían desde hacía cuarenta minutos a otra lancha, de menores dimensiones, con aproximadamente cinco pasajeros.

Los fugitivos estaban dispuestos a todo, a matar o morir, pero no a entregarse. Los disparos de armas de fuego no eran certeros, imposible a esa velocidad y con el oleaje que había desatado la tormenta.

Las lanchas se elevaban algunos metros al enfrentar la marejada y caían al vacío para encontrarse con otra ola, mayor aún, que volvía a elevarlos.

Desde los primeros días de noviembre se realizaba una investigación en islas ubicadas sobre el río Paraná, en un sector delimitado por las provincias de Entre Ríos y Buenos Aires. A pesar de los datos seguros que se manejaban en la indagatoria, el operativo se había complicado porque la geografía era intrincada, pues la conformaban un enmarañado de riachos, arroyos, ríos, canales y pasajes afluentes del caudaloso e internacional Paraná; a esto se agregaba la vegetación abundante integrada por miles de especies que crecían apresuradas unas mezcladas entre las otras.

En el día los movimientos en aquel lugar, en el que solo habitaban animales salvajes y crecían pajonales tan altos como una persona, eran inusuales. Pero por las noches se encendían faroles a gas y se escuchaba a una media docena de hombres conversar y reír. Las luces no se encontraban fijas, sino que circulaban de un lado a otro del monte, tal vez en busca de algún preciado tesoro o en la protección de este.

En el sitio solo se erguía una tapera construida con unas tablas y cuatro chapas como techo, que estaba oculta deliberadamente entre ramas secas, lejos de la costa.

Un infiltrado de las fuerzas de seguridad aportó datos fehacientes sobre el grupo de delincuentes. Ellos se dedicaban a cultivar y cosechar un valioso producto, *Cannabis sativa*, para la comercialización ilegal, transportando las hojas recolectadas desde el sector de islas hacia una casaquinta ubicada en las afueras de la ciudad más próxima.

Los delincuentes se turnaban para custodiar el lugar, ya que no eran los únicos que se dedicaban a este negocio. Si descuidaban la producción era posible que sus competidores la tomaran para sí, teniendo que llegar a enfrentamientos violentos para recuperarla, en el mejor de los casos.

Las islas se encontraban prácticamente desoladas, la mayoría de sus habitantes habían abandonado las tierras acobardados por las inundaciones cada vez más frecuentes, el trabajo poco redituable y el narcotráfico.

Los agentes policiales debieron permanecer ocultos a una distancia prudencial, esperando la partida de los hombres para capturarlos *in fraganti*.

Cuando la tormenta finalmente se desató, ya de noche, se inició la persecución. Los narcotraficantes al verse acorralados partieron a toda velocidad en dirección contraria a la que habitualmente tomaban. Esto les dio cierta ventaja. Recorrieron varios kilómetros saliendo del río Paraná. Anduvieron por un canal angosto que comunicaba con otro río que les permitiría desaparecer. El Talavera era más caudaloso, ancho y durante las tormentas muy peligroso.

Las lanchas circulaban contra la corriente, sobre la margen izquierda de este segundo río. Los relámpagos y rayos iluminaban a los navegantes de ambos bandos.

Al girar la embarcación de los delincuentes en aquella curva era probable que los perdieran, esto lo sabían muy bien los oficiales al mando del operativo. Cuando finalmente completaron la curva los uniformados debieron disminuir la velocidad y encender los reflectores manuales. Una de las naves tomó distancia de la otra cubriendo el área hacia el norte. Desde las embarcaciones iluminaban el agua, pero también la costa, donde seguramente se ocultarían esperando el momento oportuno para dispararles.

La tormenta había amainado transitoriamente, aunque el oleaje persistía junto a las descargas eléctricas.

Uno de los suboficiales seguía las órdenes del superior paneando cada centímetro de la orilla. En el momento menos esperado, cuando ya estaban a punto de abandonar la búsqueda en ese sector, dos de ellos observaron a otro hombre que los miraba desafiante, de pie, en la orilla. Alto, delgado los miraba de frente, sin temor.

Volvieron el reflector rápidamente para confirmar lo avistado y, sorpresivamente, había desaparecido.

El conductor acercó la lancha a la playa siguiendo órdenes. Cuatro de los tripulantes desembarcaron con sus armas desenfundadas mientras desde la embarcación se los acompañaba iluminando el sitio.

Se desplegaron buscando cautelosamente, consideraban que no podía haber ido lejos con la tormenta y huir entre aquella vegetación impenetrable, solo un conocedor del sitio podía lograr ocultarse con éxito.

Intentaron entrar en el monte, pero la maraña de ramas, pastos altos y árboles caídos les imposibilitó el acceso. Hicieron un breve relevamiento empleando algunas linternas e inspeccionando en busca de ramas rotas, quebradas o huellas, todo, sin resultados.

Luego de varios minutos y después de comprobar que la única forma de escape era a nado, volvieron a la embarcación.

Retomaron la marcha. La llovizna era azotada con fuerza sobre el rostro de cada uno de ellos, así como la impotencia golpeaba sus egos por el hallazgo infructuoso de los maleantes.

Ahora no iluminaban la costa, sino el agua junto a ella, por donde podía estar oculto o nadando aquel escurridizo hombre.

Desde la otra lancha les informaron por radio:

—Los tenemos, solicito apoyo –un agente indicó las coordenadas para su ubicación.

—Oficial herido, solicito apoyo urgente –agregó de inmediato.

El grupo que había bajado a tierra en busca de ese hombre no pudo explicar en el informe qué había sucedido con él. Sus interrogantes al respecto se incrementaron cuando el policía infiltrado en el grupo de delincuentes pudo reconocer a cada uno entre los capturados.

El oficial Suárez, al mando aquella noche, realizó varias incursiones en los siguientes días en ese mismo lugar buscando algún indicio de la persona desaparecida o una posible respuesta. En un principio pensó que podía tratarse de alguien extraviado porque su bote o canoa había colapsado por el oleaje o tal vez, en el mejor de los casos, era un nuevo habitante de la zona.

Aquella investigación se transformó en su ocupación de tiempo libre y en casi una obsesión. Esto le permitió conocer las islas desde los ojos cansados y ardientes por el sol de los pescadores o desde las historias que circulaban entre ellos y surgían de épocas distintas a las actuales.

Durante un tiempo todo su esfuerzo fue en vano. Su secreta preocupación era que aquel hombre fuera el cabecilla o integrante de otra banda que por alguna razón se encontraba esa noche entre los delincuentes.

—Tal vez en la desesperación por no ser identificado saltó de la lancha de los narcotraficantes y se ocultó allí – –conjeturaba.

Pero la hipótesis nunca pudo ser comprobada, el temporal había jugado a favor del misterio borrando todo posible indicio.

No fue hasta en la fiesta de despedida a un suboficial que se jubilaba que comenzó a conocer una de las tantas historias que circulaban entre los isleños sobre aquel preciso lugar.

El agasajado al escuchar su relato asentía con la cabeza, no le era extraño, ya se lo habían narrado antes otros hombres tan intrigados como este. Pero esta vez debido al rango y los intereses involucrados creyó oportuno contactarlo con una mujer cuyo padre había sido el propietario de un bar en el puerto, cuando este se encontraba en su glorioso apogeo.

La mujer, quien sobrepasaba los ochenta años, había crecido entre barcos, mesas, copas e historias isleñas. Conforme fueron pasando los años y ella adquiriendo interés, conoció a muchos de los habitantes de las islas, sus vidas, sus sueños, fracasos, aciertos, amores y desamores. Se había casado con un inmigrante y habitado, por pocos e inolvidables años, en esas mismas islas.

Cuando el padre de la mujer falleció, ella junto al esposo y su hija se mudaron a la casita detrás del bar para continuar regenteándolo, hasta que el puerto se transformó en un sitio sucio, abandonado y sin vida. Actualmente era el paseo dominguero de unos pocos pueblerinos en busca de algún pejerrey o un dorado. Al atardecer se veían algunas fogatas improvisadas en la orilla donde asaban y compartían lo que el río les había regalado. El puerto era tan solo una sombra de aquel otro pujante, repleto de embarcaciones, personas, gritos y risas. Se había convertido en un tenue reflejo de épocas gloriosas.

La anciana vivía en una casona antigua, estilo español, a once cuadras del ya desaparecido bar del puerto. Estaba construida sobre el barranco desde donde aún podía verse, a pesar de los nuevos edificios, un fragmento del río. La vivienda tenía un portal de hierro y al sobrepasarlo un sendero de piedras conducía hasta la puerta principal.

Era evidente que llevaba varios años de abandono, aunque conservaba intacta su enigmática belleza.

Llamó a la puerta a la hora en que había convenido telefónicamente. La hija de doña Paulina lo hizo pasar hasta una habitación pequeña y luminosa, ubicada al final de la propiedad, lindando con el jardín trasero que terminaba abruptamente al encontrarse con el barranco.

Al ingresar a la casa percibió un fuerte aroma a madera combinado con humedad. Recorrió primero un corto zaguán que convergió en una sala engalanada con muebles antiguos tapizados con pana roja, pasó junto a un piano vertical en excelentes condiciones y saliendo de allí en una de las paredes principales del ambiente se detuvo a observar un cuadro pintado al óleo. La obra llamó su atención, ya que, a pesar de haber sido realizada por un principiante, reflejaba con interesante claridad una casa isleña de planta baja y primer piso, rodeada por altos eucaliptus; parte de aquella escena se replicaba en el arroyo pintado junto a ella.

Sentada en un sillón estilo inglés de color azul pálido, cerca de la ventana, dormitaba la octogenaria mientras esperaba al visitante. Tenía el cabello cano recogido y un bello vestido estampado. Sobre sus hombros lucía un chal oscuro. Flotaba en ese cuarto una delicada y cautivante fragancia floral en la que prevalecían los azahares.

Era un evento inusual para la dama porque ya nadie la visitaba, sus familiares se habían mudado a la ciudad de Buenos Aires y los amigos que sobrevivían al paso del tiempo no estaban en condiciones de llegarse hasta la casa.

En un principio no fue sencillo para el oficial poder explicarle a la mujer el motivo de su visita, y menos aún ubicar el lugar preciso en donde había ocurrido el misterioso episodio, la noche de la persecución. Además, para él era extraño estar allí, si bien la curiosidad lo había motivado, no terminaba de comprender por qué el suboficial jubilado lo había conectado con esta mujer. Suponía que tal vez el hombre sabía algo más que no se atrevió a comentarle.

—¡Son las tierras del tío, mamá! –comentó fastidiada la hija de la anciana.

—Estaban luego de la curva, ¿te acordás? –agregó.

—Sí, sí, después de la curva llegamos al lugar –añadió interesado el oficial.

Inés era la hija de la anciana, rondaba la quinta década. Luego de enviudar había quedado a cargo del cuidado de su madre. Era posible a simple vista ver en ella el agotamiento y la tristeza de una mujer cuyo proyecto de vida empezaba y terminaba en el cuidado de la vieja.

—Voy a traerles un mapa de las islas para que los ayude –salió de la habitación luego de apoyar en una pequeña mesa una fuente con dos vasos que contenían limonada y un plato de pie con algunas masas circulares espolvoreadas con azúcar.

Una vez que la mujer abandonó el cuarto, la anciana dijo:

—¡Ella no conoce nada de aquellos lugares, nunca volvió a la isla! Era prácticamente un bebé cuando nos mudamos. No sé por qué se mete en donde nadie la llama –comentó Paulina con tono de voz bajo para que su hija no la escuchara.

El oficial respiró aliviado cuando gracias al mapa que Inés consiguió pudo ubicar el sitio preciso. Se trataba de un bosquejo que alguien con habilidad había dibujado a mano alzada con referencias naturales, anotaciones de los antiguos pobladores y las distancias aproximadas expresadas en kilómetros entre las viviendas de ellos. Si bien abarcaba una porción del sector de islas, incluía el de su interés.

—¡Esas tierras pertenecieron a mi cuñado! –dijo doña Paulina asombrada cuando le leyeron el nombre del antiguo propietario, ante la mirada desconcertada de su hija, quien hacía varios minutos había llegado a la misma conclusión.

—¿Conoce el lugar? –preguntó el oficial.

—Pero sí, querido, ahí vivió mi hermana, que en paz descanse. Pero esa parcela que usted indica creo que fue vendida a un joven español. –agregó dudando.

—Inés, ¿te acordás cómo dividieron las tierras tu tío y sus amigos? –buscaba deliberadamente, ahora sí, que su hija agregara información que ella había olvidado y la salvara del ridículo.

Gracias a las dos mujeres el oficial llegó a tener detalles sobre la vida de quien había sido dueño de aquel lugar. El conocimiento le permitió tener otra perspectiva de la vida isleña y valorar la fuerza y coraje de los pioneros del pequeño paraíso rodeado de agua, saturado de vegetación e inundado de soledad.

Necesitó de varios meses de encuentros con ellas y de algunas cenas compartidas para conocer la historia completa de ese hombre con el que cruzó su mirada por unos segundos esa noche lluviosa. A pesar de la brevedad, el encuentro generó en el oficial un interés particular por conocer más sobre aquel sitio y su morador: Alejandro Fernández.

2

Desembarco en Buenos Aires

Hacía tan solo unas pocas semanas, su vida era apacible y hasta monótona. Al despertar en las mañanas conocía perfectamente cuáles serían sus ocupaciones, las jornadas carecían de importantes o repentinas variaciones. Los proyectos y ambiciones eran previsibles. Realizaría el mismo trabajo que por generaciones habían hecho los hombres de la familia y seguiría su mandato que lo obligaba a encontrar una linda mujer con la que tendría varios hijos.

El destino le presentaría algunas objeciones sobre esta vida tan perfectamente diagramada y no lo haría de la forma más adecuada, por el contrario, sin aviso ni insinuaciones. De manera abrupta golpeó con fuerza los cimientos de su seguridad y provocó cambios que ni el más atrevido hubiera imaginado en aquel pueblo norteño, en tierra española.

Muchas veces pensó que todo lo que vivía era un sueño, que despertaría en la parte trasera del carro que conducía su padre de regreso a la casa luego de un día de trabajo en el campo. Aquel instante en el que descendía del carromato y su madre lo recibía cariñosamente, ese fue su refugio, ese momento en el que sentía protección, compañía, aquel tiempo en que desconocía por completo lo que significaba la soledad del desarraigo.

Ya llevaba contados treinta extraños y extensos días. El viaje en el vapor León XIII llegaba a su fin. El recorrido había sido más extenso de lo pensado, tedioso y cargado de incertidumbres. A las incomodidades del navío se agregó la convivencia, que tornaba insoportables las relaciones según pasaban los días. Entre los pasajeros viajaban varios niños, de distintas edades, que por momentos con sus picardías o comentarios lograban disipar el mal humor de los adultos.

Al principio, la situación fue agradable, pero con el transcurso de los días y la inestabilidad del clima estas emociones fueron mutando en otras nada favorables para hacer más soportable aquel viaje.

Desde pequeño había conocido el mar, su belleza y bravura, por lo que no le afectaron, como a otros, los vaivenes y sacudones de los fuertes oleajes. Había crecido en un pueblo de pescadores, conocía de tempestades y de vientos tan fuertes como traicioneros.

Ahora, ya en el puerto, de pie frente al destino, volvía a su mente la idea gestada en el viaje: regresar cuanto antes a su amado pueblo, junto al mar Cantábrico. Ese en donde jugó de pequeño y que lo vio convertirse en hombre, ese lugar en donde quedó su familia, apenada, por la inevitable decisión que la situación social, política y económica los empujó a tomar.

Él nunca había estado enredado en riñas, solo era un muchacho sencillo, simple, que no conocía de maldades, pero sí de esfuerzos.

La partida no fue enteramente su elección, pero tampoco fue cobardía, pues no estaba de acuerdo con que su vida fuera destruida sin consultarle o pedirle opinión al respecto.

Todo el viaje recordó el rostro de su madre disimulando la tristeza. Era evidente que las palabras estaban varadas en su garganta por la opresión de la angustia. Se trataba de una mujer serena y amable, a la que la vida no la había privado de sufrimientos; no solo había perdido a una sus tres hijas tras una rápida enfermedad, sino que ahora uno de sus hijos iniciaba un viaje a otro continente, un hijo al que tal vez en mucho tiempo no volvería a ver. Era consciente de que esta era la decisión más difícil de su vida, pero a la vez la más acertada.

—Buen viaje, hijo mío, pronto nos volveremos a encontrar. ––Una dulce sonrisa pretendía infructuosamente disimular la profunda pena que invadió su corazón desde aquel mismo instante.

Quedó en el puerto saludando, siempre con una sonrisa oscilando su mano. A medida que el buque se internaba mar adentro, la figura de aquella dama se fue mezclando con las decenas de personas que despedían a otros pasajeros. Alguien le acercó un pañuelo con el que intentó consolar la tristeza.

Un trozo de él quedó por mucho tiempo allí, junto a sus afectos. La angustia y pena reemplazaron el optimismo y alegría.

Ahora estaba rígido, miraba desconcertado el ir y venir de la muchedumbre en el puerto de arribo, un compañero de viaje insistía con ansiedad:

—¡Apúrate, ya están registrando! ¡Prepara el pasaporte, vamos, vamos, no hay tiempo que perder! –mientras con fuerza y hasta desesperación arrastraba un pesado baúl de gruesa madera.

El calor húmedo y sofocante solo amainaba temporalmente con la llegada de una suave y fresca brisa proveniente de río adentro. Un río diferente, extraño, tan ancho que parecía mar.

El León XIII, un vapor perteneciente a la Compañía Transatlántica Española, ancló a varios kilómetros del puerto. Pequeños vapores y botes a remo trasladaron a los pasajeros a tierra. Al llegar a la costa carros tirados por caballos se internaron en el agua para colaborar con el equipaje.

La bajante había dejado al desnudo una amplia playada semiarenosa y un muelle inoperante.

Al pisar por primera vez tierra americana sintió desconcierto y desolación. Caminó siguiendo el rumbo de personas desconocidas. Varios hombres a gritos les indicaban el lugar hacia donde debían dirigirse para el registro de ingreso al país.

Al descender percibió un fuerte olor a pescado mezclado con el estiércol equino fresco que se encontraba a cada paso. En pocos minutos llegó a ver carruajes, tranvías y hasta elegantes autos. A todo se añadía la modulación y ritmo de un mismo idioma, que lo confundía y por momentos le impedía la comprensión.

Allí estaba, de pie en una larga fila, recibiendo empujones, con un enorme baúl cargado de retazos de un pasado tan reciente como añorado.

Un hombre de aspecto desalineado y abundante barba lo sacó de sus pensamientos con un grito grave y efectivo:

—¡Vos, pibe! Decime tu nombre, procedencia y oficio.

—Alejandro –sus ojos mansos miraban fijo al interlocutor.

—¡Fuerte! Nombre y apellido –con rudeza reclamó el empleado de la aduana.

—Alejandro Fernández y Fernández, de España.

—¡Mirá, otro gallego que tiene repetido el apellido! –le comentó a gritos a un compañero, con claro acento porteño.

—¡Sacale uno y listo! –le respondió el otro hombre.

—Alejandro Fernández, con uno alcanza y sobra. El que sigue –añadió.

Así, sin siquiera haberlo planeado y mucho menos soñado o imaginado, Alejandro había llegado a la promisoria Buenos Aires.

Él era un hombre joven y atractivo, su figura se diferenciaba del resto. Alto, delgado, cejas anchas y ojos pardos. De mirada intimidante y pocas palabras, no era común que participara de largas conversaciones o acaloradas discusiones. Vestía un traje azul algo desgastado y un sombrero en el mismo tono. Sus zapatos negros estaban cubiertos del lodo de la playa al igual que parte del baúl.

Transcurría marzo de 1914, acababa de llegar a la capital de un país latinoamericano con necesidad de poblar su extenso territorio. Buenos Aires era muy distinta a lo que él intentó crear en su mente durante el viaje. Se trataba de una ciudad en pleno desarrollo, muy diferente a su pueblo, tranquilo, de calles angostas, casas de piedra y cerros rocosos.

En varias oportunidades intentó imaginarla en las noches serenas, aquellas pocas noches de navegación cuando el mar parecía descansar. En la tranquilidad, con el sonido dulce de alguna armónica como compañía, se acostaba en la cubierta cerca de unas cajas de madera, con las manos entrelazadas debajo de la cabeza. Allí encontraba algo de sosiego en sus alborotados pensamientos y contemplaba las estrellas como intentando leer su destino.

En una de esas pocas oportunidades, mientras se encontraba a medio recorrido entre la vigilia y el sueño, una voz inoportuna interrumpió y lo sacó del trance.

—Qué buena idea descansar aquí afuera –le comentó uno de los muchachos con el que solía conversar Alejandro.

El hombre encendió un cigarro y apoyó sus antebrazos en la barandilla. Alejandro comprendió inmediatamente que lo que buscaba era conversar, no disfrutar del aire fresco.

—¿Conoce usted Buenos Aires?

—No –respondió Alejandro con pocas ganas de iniciar una conversación. Deseaba continuar disfrutando de la serenidad de la noche.

Dicen que es una ciudad enorme con bellas mujeres. Cuando arribemos me esperan familiares. Ellos ya llevan dos años allí. Me han pagado el pasaje para que vaya a ayudarlos en el almacén, aunque creo que me están alejando de la guerra.

—Usted, Alejandro, ¿tiene familia en Buenos Aires?

—No, estoy solo en este viaje.

—En el puerto habrá personas del gobierno, y por unos días tal vez lo alojen en algún lugar mientras busca trabajo, eso me ha contado en sus cartas mi primo.

—Espero que sea como usted dice –respondió mirando el cielo, como indicando que estaba más interesado en lo que esa bella noche ofrecía.

—Cuando desembarquemos le conseguiré el domicilio de mi familia para que nos visite.

—Muchas gracias, será un gusto conocerlos.

Buenos Aires se destacaba por ser moderna, recorrida por anchas avenidas, en donde convivían personas de diversas culturas y costumbres; en un codo a codo los nacionales y extranjeros. Diferente a su pueblo, en el que todos se conocían desde siempre, sus antepasados más remotos habían nacido en aquel lugar.

Alejandro llegó a esta ciudad junto a otros muchos inmigrantes y sus motivos no se diferenciaban porque todos huían del hambre, la guerra y la miseria. Eran personas con ilusiones y proyectos de una vida mejor, que intentaban brindar un futuro de posibilidades a sus hijos o simplemente darles un porvenir.

Él viajaba solo y todo había sido organizado por su familia, buscando evitar que formara parte de una guerra que consideraban ajena e injusta. Aunque el miedo era el verdadero motor de su viaje.

Alejandro había cumplido sus dieciocho años durante la travesía, no era un hombre de mundo, sino simplemente un jornalero.

Los primeros días deambuló por la ciudad en busca de trabajo y un lugar donde dormir. Deseaba regresar y para pagar su pasaje trabajó de peón, cocinero en la ciudad, pero mayormente en las zonas rurales cercanas a Buenos Aires.

Lo que ganaba solo le alcanzaba para pagar una habitación, comida y el envío de la correspondencia a su familia relatándoles lo maravilloso de la vida en América.

Buenos Aires, 1 de abril de 1914

Querida madre:

He llegado a Buenos Aires hace algunos días. El viaje ha sido bueno. Hice algunos amigos, por eso la llegada me ha resultado menos difícil. Uno de ellos nació cerca del pueblo y parece que ha conocido de chico a don Anselmo.

Este lugar es extraño, pero con grandes oportunidades. Acá nada se sabe de la guerra, solo hablan de trabajo y progreso.

Os cuento que me he hospedado en una pensión donde todos somos extranjeros. Hay personas de todas las edades. Somos tantos que comparto habitación con tres hombres más, un italiano, un inglés y otro español.

Por las noches no me es sencillo dormir, el calor dentro de las habitaciones es agobiante. El calor aún está firme, aunque ya comenzó el otoño.

Resulta entretenido compartir experiencias con otros inmigrantes que buscan aire fresco en el patio o la vereda de la pensión.

No os preocupéis por mí, estoy bien.

He encontrado trabajo, aunque es algo transitorio. En algunos días me iré al campo, a unas millas de esta ciudad. Tal vez me demore en escribirles, pero apenas regrese les cuento las novedades.

Escriban, deseo tener noticias de vosotros.

Un gran abrazo, los quiere.

Alejandro

Las labores del campo eran rudas, un trabajo de varias horas a pleno sol, colaborando en el arado de la tierra, la siembra o la cosecha dependiendo del cultivo y la época del año. La ganancia era poca y su vida difícil de sobrellevar, muy diferente a los relatos de sus cartas, en los que trataba de no expresar las carencias y angustias.

3

Amor secreto

Los meses se sucedieron rápidamente, casi sin que pudiera tomar conciencia de ellos. No tuvo tiempo ni ganas para analizar o recriminar al destino el porqué de las circunstancias que lo habían puesto allí. Este país del que jamás había escuchado hablar, en un principio, le fue indiferente y hasta lo disgustaba. El único capaz de cambiar esas emociones e impresiones fue el tiempo, como sabio ordenador le dio la posibilidad de conocer estas nuevas tierras. Como había ya sucedido con miles de otros inmigrantes, lo cautivó, atrapándolo en su historia, haciéndolo formar parte de ella, a tal punto que algunas costumbres y modismos lo divertían. El empleo del vos en lugar del tú y las palabras del lunfardo rioplatense que le eran absolutamente ajenas lo confundían, pero también le arrancaban, desprevenidamente, una sonrisa.

Desde su llegada había realizado distintos trabajos, mayormente en el campo, en donde compartía jornadas enteras con hombres provenientes de otros lugares del mundo, con idiomas y costumbres diferentes, pero con los mismos valores y objetivos. Traían consigo experiencia, tenacidad y manos dispuestas a trabajar hasta sangrar o perder la sensibilidad.

Durante el viaje había escuchado hablar de la pampa, un lugar en donde el verde se extendía impune hasta donde los ojos podían seguirlo, un lugar donde el sol del verano brillaba tan fuerte que adormecía corazones intrépidos, atrapándolos en sus entrañas y haciendo poco probable la intención de escapar de allí. En aquellas tierras que inundaban los sentidos y ostentaban su abundancia ante un mundo en guerra, conoció a un andaluz con el que solía tener largas conversaciones, aunque en ellas era mayormente el receptor y Manuel, el encargado de relatar sucesos increíbles de su vida. Las historias del viejo contenían parte de realidad enriquecidas con datos exagerados o alterados deliberadamente, lo que los hacía más interesantes, transformándose en un desafío el extraer de ellos la realidad.

Al caer el día encendían varias fogatas y a su alrededor se iba convocando la peonada. Allí se mezclaban italianos, españoles, algún alemán o inglés y la gauchada estable de la estancia, generalmente criollos. La bebida era la mediadora del encuentro, acompañaba la espera mientras grandes trozos de carne vacuna soltaban su jugo sobre las brasas encendidas. Nunca faltaban los dulces acordes de guitarras recreando una chacarera, un gato o una zamba. Las historias circulaban por cientos al igual que las bromas entre ellos:

—Che, gallego, contate algo. ¿De dónde venís vos? –preguntaba algún paisano interesado en conocer más sobre sus compañeros de largas jornadas de trabajo.

Gracias a la insistencia y contactos de aquel andaluz, Alejandro logró mudarse a un poblado próximo a Buenos Aires, de pocas casas, cercano a un río, pequeño, humilde, pero con grandes aspiraciones de desarrollo gracias a una ubicación geográfica privilegiada.

Se instaló en un conventillo ubicado en una de las calles principales. Era evidente que la vivienda había sido, en otras épocas, la residencia de una prestigiosa familia local, pero ahora las diez habitaciones eran alquiladas a inmigrantes. Cada una albergaba a familias enteras. El lugar tenía un único baño, que todos compartían. Si bien la casa estaba notablemente desmejorada, el patio central, hacia donde las habitaciones convergían, conservaba la elegancia de otros tiempos. El piso lucía orgulloso la opulencia de otras épocas, cubierto por baldosones que conformaban guardas geométricas en dos tonalidades de amarillo ocre rodeando a una pequeña flor de lis bordó. Las plantas se encontraban dentro de grandes y elegantes canteros circulares. En uno de ellos, ubicado en la zona central, crecía presuntuoso un palo borracho; su fuerte y espinoso tronco sostenía el denso ramaje que con su sombra impedía que el piso ardiera durante las tardes de verano.

En el día en la casa reinaba el bullicio, los niños correteaban, sus madres preparaban el almuerzo, algún acordeón a piano sonaba al compás de una tarantela, las carcajadas de algunas mujeres mientras lavaban la ropa resonaban en el patio. Muy distintas eran las noches, aun las calurosas, el silencio invadía la casona, unos pocos paseaban en el patio, solo podía escucharse a los gatos enfrentados por un desafortunado ratón que había caído en las garras de uno de ellos o durante la madrugada, el desvelo de un bebé reclamando alimento. Las horas de descanso eran muy apreciadas por los jefes de familia que partían temprano a trabajar.

Al principio vivió en una habitación sin ventanas que compartía con varios hombres. Luego, con el transcurso de los meses y la intención de la dueña del conventillo de ampliar su negocio, logró mudarse a uno de los cuartos más cómodos de la propiedad. La cocina se comunicaba por medio de otra puerta con el final de la propiedad donde se escondía un jardín, descuidado pero bello, se veían varios árboles frutales, una añeja parra recostada sobre una tapia lateral y entre los pastos altos asomaba tímido un insulso rosal. Un camino improvisado con algunas piedras llegaba a su cuarto, aislado del resto de la casa, en otras épocas había sido el lugar donde se guardaban herramientas, muebles en desuso, alfombras y recuerdos. Entre los beneficios del cuartito del fondo se encontraba el más preciado por Alejandro: en las noches podía caminar y disfrutar de la frescura y el silencio del jardín.

—Alejandro, si le interesa tengo un cuarto disponible siempre que se comprometa a arreglar el jardín del fondo –le habría propuesto la dueña del lugar.

Allí había conseguido algo de privacidad, siempre que la propietaria no entrara en su dormitorio con la excusa de limpiar u ordenar. Alejandro sabía perfectamente cómo dejaba sus ropas, la cama y otros elementos de aseo personal, por lo que le resultaba sencillo reconocer cuando doña Aurelia había estado husmeando entre sus cosas. Si bien esto lo disgustaba prefería no decir nada y pasar por tonto o distraído, no fuera que en un arrebato de furia lo expulsara del lugar.

La rentista era una mujer autoritaria e intransigente, carente, en apariencia, de piedad. Siempre había vivido cerca de allí hasta que su esposo compró por poco dinero la casona. A la muerte de este Doña Aurelia no tuvo otra opción que comenzar a alquilar las habitaciones que no usaba. Su apariencia siempre había sido la misma, aun de joven parecía ser una mujer mayor. No conocía de buenos modales ni de moda. Su aspecto en general era desalineado, llevaba un batón de tela rayada ceñido a una poco perceptible cintura, el cabello desprolijamente atado y zapatos gastados. No solo carecía de femineidad en la forma de vestir, sino también en el trato, por eso cuando alguno de sus inquilinos no pagaba o su comportamiento no era el aprobado esperaba que el rebelde se ausentara y entonces, si ella no podía, hacía sacar todas sus pertenencias a la calle. Generalmente el expulsado gritaba y suplicaba, pero nada lograba con su actitud más que endurecer la posición de Aurelia.

En la casa vivían varias mujeres, todas casadas, la única soltera era una anciana, tía de la propietaria, que apenas lograba caminar algunos pasos sin ayuda. Desde que había llegado a la pensión, Alejandro sentía una atracción particular por una de ellas, una hermosa muchacha casada recientemente con un hombre mayor que ella, italiano. El sujeto la había conocido en su pueblo natal, era la prima de su mejor amigo y gracias a la correspondencia e insistencia de Giovanni la muchacha terminó aceptándolo y viajó a Buenos Aires para casarse con él. Una vez que desembarcó directamente los incipientes novios fueron al registro civil para concretar la unión. Luego de bajar del barco todo sucedió raudamente para aquella muchacha, en pocas horas era la esposa de un hombre al que había visto tan solo algunas veces y que sin preámbulos la llevó a su habitación en donde se concretó sexualmente la unión. El recuerdo nunca se borraría de su memoria, fue desagradable y en nada se pareció a lo que ella había imaginado. Cuando todo concluyó estaba desnuda junto a un hombre brusco y poco considerado con el que compartiría el resto de su vida. Esa noche lloró en silencio, las lágrimas la ahogaban junto a la angustia, la soledad y la incertidumbre.

Giovanni se radicaría en el interior del país, así que luego de unos pocos días de convivencia dejó a la esposa y viajó a organizar todo en sus tierras en la provincia de Santa Fe. La idea era mejorar una vivienda que se hallaba en el lugar y tornarla más cómoda para su bella y joven esposa.

Sola, sin hijos, de gran belleza y con escaso conocimiento del idioma castellano, era el foco de las miradas y comentarios de los hombres de la pensión y objeto de burlas o desprecios de algunas mujeres celosas. Se encontraba siempre sola, alejada del resto. No faltaba algún hombre que se le insinuara con actitud de ganador y aunque ella no comprendía el idioma se las ingeniaba para rechazar a sus pretendientes.

Su nombre era Ester, dueña de una singular belleza, miraba fijamente a los ojos tratando de compensar su desconocimiento del idioma, pues utilizaba unas pocas palabras sueltas que le había enseñado su esposo. Era algunos años mayor que Alejandro, pero eso no fue un impedimento para que sintieran atracción uno por el otro.

Primero fueron miradas, sonrisas y atenciones, luego caricias disimuladas al chocar sus manos en los encuentros en el patio durante las noches, ante los ojos de los demás moradores. Las palabras eran pocas, pero reían por cualquier insignificancia.

Los chismes y las sonrisas con picardía de quienes los observaban se incrementaron cuando Alejandro se mudó al fondo de la propiedad.

La muchacha compartía habitación con otras mujeres y algunos niños, hijos de estas. Su esposo, para economizar gastos, le pagaba parte del alquiler a una familia que ocupaba dos cuartos en el conventillo. En una habitación se acomodaban las mujeres y niños y en la otra, de menores dimensiones, los hombres. A Ester le habían asignado un pequeño camastro en un rincón del cuarto de las mujeres cerca de la puerta, no tenía comodidades ni privacidad, pero Giovanni consideraba que era mejor para ella permanecer allí unos meses.

Cuando todos parecían dormir, Ester salía a hurtadillas de la cama, cubría su espalda y hombros con una manta, cerraba la puerta tras de sí y caminaba lentamente por el patio. Si, al llegar a la cocina, por casualidad se encontraba con alguien desvelado, disimulaba llenando un vaso con agua de una jarra que siempre se encontraba sobre la mesada o fingía un malestar, de lo contrario abría la puerta trasera que daba al jardín escondido. Se asomaba lentamente, esperaba unos instantes a que los ojos se acomodaran a la oscuridad, y comenzaba a buscar a Alejandro, quien la esperaba oculto entre las sombras. A veces la sorprendía tomándola de la mano para guiarla mientras ella reía.

La noche, el jardín y las paredes de aquella húmeda habitación del fondo fueron testigos de sus fogosos encuentros. Los dos inexpertos desconocían esas sensaciones, se agolpaban emociones diferentes dentro de sus excitados cuerpos. El deseo irrefrenable que iba contra todo se potenciaba con la adrenalina de la clandestinidad que le agregaba un condimento mayor de excitación. Los encuentros que él había logrado con otras mujeres fueron fugaces, débiles e insulsos y los de ella con su esposo, complacientes solamente para Giovanni. En algunas noches la pasión y el deseo les impedían llegar a la intimidad de la habitación, por lo que todo iniciaba y terminaba a un lado de la puerta de la cocina. En esos momentos de pasión irrefrenable nada les importaba, ni el qué dirán ni el ser descubiertos, solo les interesaba calmar sus deseos.

Las noches lluviosas eran las ideales para los amantes, ya que las gotas golpeando en los techos de chapa y cayendo por ellos hacia el patio provocaban un sonido fuerte que camuflaba la fuga de Ester hacia la piecita del fondo.

Cuando ella entraba apresurada y empapada se quitaba rápidamente la ropa mojada, su piel blanca y tersa tomaba un tono dorado con la luz del candil. Se detenía unos instantes para que Alejandro observara su desnudez y se introducía delicadamente en la cama tibia junto a él.

Cuando Alejandro se ausentaba algunos días por trabajo temporal en el campo, ella padecía una evidente melancolía, pero al escuchar su voz entrando en la casa era otro su estado de ánimo, alegre, vivaz y enérgico.

El romance duró varios meses y se convirtió para los dos en lo mejor que habían vivido.

Doña Aurelia no desconocía la situación entre los amantes, secretamente se enternecía por la juventud y soledad de ambos. En varias oportunidades pudo observarlos besándose en el jardín, le recordaban otras épocas cuando la preocupación pasaba únicamente por amar y ser amada. Si bien la situación le provocaba empatía, había algo más fuerte que la inquietaba y era lo que podía suceder si el esposo de Ester tan solo llegaba a sospechar del romance. Cualquiera de los inquilinos podía escribirle al esposo engañado. Ella misma ya había tenido quejas de uno de los arrendatarios y este estaba especialmente enojado tal vez porque Ester no se había fijado en él. Hoy las preocupaciones de doña Aurelia eran económicas y la reacción de Giovanni, un hombre de fuerte temperamento, podía confluir en una desgracia que inevitablemente complicaría sus finanzas. Por lo tanto, urdió un plan para llevarse a cabo una de las tantas noches en que los amantes se encontraban.

Aurelia escuchó desde su habitación la puerta del cuarto de Ester que rechinaba al cerrarse. Se levantó y corriendo la cortina de su ventana la observó caminar apresurada cruzando el patio hacia la cocina. Dejó transcurrir algunos minutos y se acercó sigilosamente a la habitación de Alejandro, eran las tres de la madrugada. En un principio no escuchó nada, pero luego las expresiones de placer de los amantes fueron contundentes y confirmaron el encuentro. Entonces se alejó hasta la puerta de la cocina y desde allí gritó:

—Alejandro, ¿está todo bien?, ¿le sucede algo? ¿Con quién está?

En el interior del cuarto cesaron los sonidos. Se miraron a los ojos y sonrieron cómplices. Él puso su dedo sobre los labios de ella indicándole tiernamente que hiciera silencio, ambos sabían que podían terminar en la calle si eran descubiertos. La besó antes de vestirse. Se colocó el pantalón y la camisa que habían quedado tirados al costado de la cama y salió:

—¡Todo está bien, doña Aurelia! –gritó Alejandro desde la puerta de su habitación.

—¿Seguro?, ¿usted está con alguien?

—No, no, estoy solo.

—¡Me pareció escuchar a una mujer! ¿Sabe bien cuáles son las reglas de este lugar, verdad? No está permitido que traigan mujeres, esta es una pensión familiar y usted lo sabe muy bien.

—Por supuesto… pero estoy solo, doña Aurelia –respondió Alejandro mientras se le entrecortaba la voz.

Desde aquella noche los encuentros continuaron, pero con mayores recaudos para evitar ser descubiertos por la propietaria.

A doña Aurelia no le llevó mucho tiempo saber que continuaban viéndose y que su treta no había logrado distanciarlos, por lo que cuando llegó carta del esposo engañado, registró la dirección desde donde escribía y por supuesto puso en marcha una segunda estrategia que finalmente resultaría exitosa.

Sin perder tiempo y carente de dudas sobre su propia actitud le escribió a Giovanni sobre el estado de ánimo de la pobre esposa. La describió como un alma en pena, sola y sin poder hablar bien el idioma. Además, sin sutilezas le sugería que cuanto antes enviara el pasaje para la triste dama.

En poco tiempo Ester recibió una nueva carta de su esposo adjuntando el pasaje de tren para unirse a él.

La despedida era inevitable y los amantes sabían que un día llegaría. Ester intentó dilatar su partida con cientos de pretextos, pero lo único que lograba era prolongar la agonía de la separación. Alejandro, luego de sobrepasar el enojo que la situación le provocaba, ayudó a Ester a separarse de él. La convenció de que esta opción era lo mejor para ella.

—Tú sabías que esto pasaría. No has venido a este país a vivir como la amante de nadie.

Ester lo admiraba por muchos motivos y este fue uno más. Si bien ella no podía expresar con palabras en español lo que pensaba entendió perfectamente que lo que hacía Alejandro era el acto de amor más grande que nadie jamás había tenido hacia ella.

—Lo que vivimos nos tiene que hacer más fuertes para continuar con nuestras vidas –le dijo Alejandro mirándola fijamente a los ojos.

Un último encuentro se concretó en el cuartito del fondo, ese lugar testigo de muchos momentos de felicidad, ahora albergaba decenas de promesas de reencuentro, besos apasionados, abrazos prolongados y lágrimas.

El día del viaje Alejandro la ayudó a organizar el equipaje y luego la acompañó hasta la estación. Caminaron juntos, ella lo tomaba del brazo orgullosa frente a todos, no estaba dispuesta a disimular lo que sentía por él en los últimos momentos juntos. Esperaron pacientemente a que se anunciara la partida, no hubo demasiadas palabras ya estaba todo dicho. Se abrazaron y besaron muchas veces hasta que él la ayudó a abordar el tren. Colocó la valija a su lado. Quedó mirándola fijamente mientras Ester se esfumaba ante sus ojos y desaparecía en las oscilaciones de la vida. La última vez que la vio aquel día, ella secaba sus lágrimas, no había desesperación en la mirada, pero sí profunda tristeza por el fin de una breve etapa en la que ambos habían conocido la felicidad, el amor.

4

Un adiós anunciado

Las intenciones de regresar a España habían desaparecido hacía largo tiempo, aunque de vez en cuando ante las desilusiones o decepciones reaparecía la idea de volver, y entonces pensaba que tanto esfuerzo y sacrificio no podían ser descartados por la invasión momentánea de la melancolía. En esas ocasiones, sacudía levemente su cabeza como queriendo acomodar los pensamientos y dejar las penas en la capa más profunda, adormecidas, para evitar que molesten.

En las incontables cosechas y siembras en las que trabajó fue encontrándose con las mismas personas y estableciendo amistades con muchos de ellos. Varios años después de su llegada unió su destino al de otros, quienes tal vez habían sido designados por ordenamientos superiores para que produjeran en su vida otro cambio de rumbo imprevisto. Ellos eran los hermanos Galarreta, dos hombres jóvenes, de carácter fuerte y decidido. Lucían siempre, sobre sus cabezas, una boina negra inclinada hacia uno de los lados, pantalones holgados y ancha faja rodeando la cintura. Hablaban fuerte, casi a gritos, llegaban a discutir hasta por la cantidad de comida que le correspondía a cada uno. Eran tan trabajadores y optimistas como testarudos.

Ellos habían gestado la idea de comprar sus propias tierras y dedicarse a la explotación forestal en auge por esas épocas. Les llevó muchos años conseguir el dinero necesario. Para cuando Alejandro los conoció ya tenían pactada la compra, junto a otro amigo, de unas cincuenta hectáreas de isla a orillas de un caudaloso río de aguas turbias, varios kilómetros al norte de la ciudad más próxima. Aquellas tierras tenían menos valor por estar alejadas y encontrarse en una zona aún no habitada.

Luego de extensas jornadas de trabajo solían sentarse juntos a comer y beber algo de vino mientras conversaban sobre sus planes. Sus amigos deseaban forestar con eucaliptos para dedicarse a la venta de madera. Sin dudas era un proyecto ambicioso que llevaría años de duro trabajo.

—Te he dicho, hombre, que los eucaliptus son un buen negocio, pero tú siempre quieres tener la última palabra –le repetía uno de ellos a su hermano, sin mirarlo a los ojos.

—Habla con los isleños, pregúntales, pues ellos no dicen lo mismo. Llevaría muchos años lograr una buena plantación, y mientras... ¿de qué viviremos? ¡Dime!

—¿Cuánto dinero necesitáis? ¿Cuánto tiempo más os llevará ahorrarlo? Porque se dice fácil, pero vamos a ver si ayudas con el trabajo.

—¿Qué te crees tú, coños, hombre? ¡Te piensas que no sé trabajar! –gritaba el otro.

Durante estas discusiones Alejandro no intentaba calmarlos, ya había comprobado que no era posible. Cuanto más se trataba de apaciguar los ánimos, mayores eran las recriminaciones entre ellos.

Los hermanos llevaban un registro minucioso de sus ingresos y egresos en una pequeña libreta, esta era una forma de ahorrar y evitar gastos innecesarios. Podían estar horas discutiendo sobre el destino de su dinero y la repartición de las tareas. Siempre tenían algún motivo para reñir acaloradamente, pero al final terminaban conversando como si nada hubiese pasado.

Fueron incluyendo a Alejandro en sus proyectos, viajaban juntos por trabajos temporales a las estancias más promisorias, conociendo los distintos y cautivantes rincones de la pampa.

Aprendieron de cultivos y hacienda, trabajaron bajo copiosas lluvias, el ardiente sol del verano y padecieron las heladas mañanas del invierno. Soportaron todo para alcanzar el sueño de las tierras propias, y sentirse dueños, al fin, de su destino.

Con las ganancias compraron varios elementos y herramientas. Palas, picos, sierras, martillos, elementos de cocina, abrigos, una escopeta, todos ellos serían de gran utilidad para iniciar su nueva vida en una zona inhóspita y salvaje.

Antes de la mudanza definitiva, los hermanos hicieron varios viajes a sus tierras para plantar estacas de eucaliptos y preparar el lugar donde vivirían.

Compraron la propiedad al Estado sin haberla visitado, sabían que se trataba de un lugar poco accesible, pero era lo que podían obtener con el dinero que habían ahorrado durante años. Un bosquejo con algunas referencias geográficas marcaba la ubicación. Realmente tomaron conciencia del lugar cuando llegaron al poblado al que esas parcelas pertenecían.

No les fue fácil encontrar a quien los llevara hasta allí. Por referencias de los peones del puerto ubicaron a un español que recorría y conocía palmo a palmo la zona isleña. Él era un viejo solitario, flaco, encorvado y de baja estatura. La piel del rostro llevaba las marcas del tiempo, de las privaciones y sufrimientos. Sus pertenencias eran la ropa que vestía y su impecable canoa. Por poco dinero pudieron ingresar al monte gracias a este español que había recorrido las islas desde muy joven, conocía cada rincón, aun los más alejados. De Demetrio aprendieron todo aquello que les serviría para sobrevivir lejos de las comodidades básicas de la ciudad.

Durante varios viajes además de reconocer el lugar, plantar las estacas y desmalezar, construyeron con una mezcla de agua, barro y paja seca las paredes de una muy sencilla vivienda. No tenía comodidades, solo se trataba de cuatro paredes y un techo que los cobijaría de las lluvias y protegería en las oscuras noches.

Luego de tres o cuatro viajes el viejo Demetrio se quedó allí. Eran necesarios ciertos cuidados para que las estacas echaran raíces. El riego debía ser regular, no bastaba con el agua de las lluvias, además era imperioso evitar el avance de las voraces hormigas.

A Demetrio ante todo se lo describía como un hombre solitario, reservado, sin alegría, pero sumamente respetuoso. Era un artesano en el trabajo de la madera y estos conocimientos los aplicaba en la construcción de canoas. Siempre se lo ubicaba en algún río recorriendo las costas en busca de los fresnos, árboles de madera dura, ideales para sus labores.

El viejo vivió solo en aquellas tierras, comiendo lo que encontraba en el monte, o sea, de la caza y la pesca. Cuando la soledad le resultaba invasora, escapaba con su canoa en busca de compañía. Remaba varias horas en total soledad hasta llegar a la choza de un conocido en el canal. Tomaban algunos tragos, comían pescado frito y a veces dormía allí si la noche lo sorprendía. No se ausentaba demasiado tiempo porque corría el riesgo de que al regresar los esquejes hubieran desaparecido.

Así continuó sin reclamos o quejas, hasta que los propietarios decidieron instalarse definitivamente allí.

Alejandro, en todos estos años, no había recibido ni tan solo una carta de Ester, no tenía noticias sobre su vida en Santa Fe. Muchas veces pensaba en ella y suponía que le sería muy difícil escribirle, qué excusa podía justificar la correspondencia a un hombre soltero y supuestamente desconocido. Pero también evaluaba la posibilidad de que Ester lo hubiese olvidado.

Pudo volver a verla mucho tiempo después. Una tarde, a la hora de la siesta. Regresaba luego de varios días de estar ausente y observó a la propietaria conversando con dos coquetas mujeres que se encontraban de espaldas.

Cuando Aurelia lo vio entrar al patio, lo llamó exageradamente:

—¡Alejandro, venga, mire quién ha venido a visitarnos! ¿La recuerda?

Él se encontraba agotado, sucio, con pocas ganas de entrar en conversación:

—¡Buenas tardes, estoy muy cansado, disculpe! –respondió con poca cortesía.

—Hola, Alejandro –lo saludó una de las mujeres.

—¿Vuelve del campo? –le preguntó en perfecto castellano, pero con claro acento italiano.

Alejandro se encontraba girando su cuerpo para salir del patio, no la podía ver desde su posición, pero reconocía perfectamente de quién era esa voz, y sabía a quién vería cuando se volviera y elevara la vista. Se encontraría esos ojos negros, vidriosos que tanto extrañaba.

—Ester. ¿cómo está? –Se quedó mirándola–. ¿Vuelve a Buenos Aires? –preguntó con ansiedad.

La joven le explicó que su hermana había llegado de Italia para hacerle compañía durante el resto de su embarazo y antes de tomar el tren hacia su casa deseaba pasar a saludar a todos. Por supuesto que Alejandro sabía muy bien que en realidad sus intenciones eran visitarlo a él.

Miró su vientre, era poco perceptible el embarazo.

Aurelia, conmovida por el distanciamiento que ella misma había provocado, las invitó a tomar asiento allí mismo, en el patio, mientras Alejandro educadamente se retiró para asearse.

A su regreso, las mujeres bebían un té que extrañamente les había preparado la dueña del lugar. Alejandro vestía ropas limpias y el cabello mojado y prolijamente peinado.

La conversación superficial a él le permitía recorrerla con su mirada como desnudándola. Ella sonreía y lo miraba sin disimulo como disfrutando de sus caricias.

—¿Cómo se encuentran las plantas del jardín, Alejandro? ¿Me las muestra, por favor? –le solicitó con cierta imprudencia.

Ester sabía que en cualquier momento volvería su esposo y no sería posible hablar con Alejandro.

Los dos salieron hacia el jardín trasero mientras Aurelia intentaba comprender los dichos de la italiana recién llegada.

—¡Cuántos recuerdos! –dijo Ester con melancolía al traspasar la puerta trasera de la cocina que tantas veces había sido testigo de sus desesperados encuentros.

Se miraron largamente a los ojos, él le tomó las manos mientras ella le confesaba, ahora con un perfecto castellano, que necesitaba verlo una vez más.

En ese momento se escuchó la voz de Giovanni que volvía luego de hacer algunas compras.

Alejandro apretó con firmeza las manos de su amada como tratando de retenerla unos instantes más. Ella lo miró y dijo:

—Adiós, Alejandro... y gracias.

Él disminuyó la presión en las manos y ella suavemente las deslizó como acariciando las suyas, hasta que finalmente se separaron.

—¡Ester! –llamó Giovanni.

—¡Adiós, Ester! –dijo Alejandro.

Se quedó parado mirándola. Cuando ella llegó a la puerta de la cocina giró, lo miró fijamente aún con amor y la cerró, clausurando definitivamente aquella preciosa experiencia que habían vivido juntos.

Alejandro quedó más solo que antes porque al menos hasta ese momento lo habían acompañado las esperanzas de volver a estar juntos, pero ahora comprobaba cruelmente que eso no sucedería jamás.

5
La isla

Cuando iniciaba la primavera de 1926, según estaba planeado hacía ya tiempo, se marcharon. Alejandro decidió acompañar a sus amigos en esta aventura como el cocinero del grupo, nada lo detenía en aquella ciudad, al contrario, se sentía atrapado en los recuerdos de un amor sin futuro. Cansado de la autocompasión había decidido continuar con su vida.

Los hermanos Galarreta eran conscientes de que el trabajo sería exigente, necesitando el máximo de sus fuerzas. Sabían del compromiso y respeto de Alejandro, por lo que no dudaron en contratarlo.

Hicieron el viaje en dos tramos. Durante el primer día viajaron hasta llegar a una pequeña ciudad portuaria donde la vida se desarrollaba con calma, alejada del bullicio de Buenos Aires.

Un pueblo de calles polvorientas, casas dispersas, se ubicaba orgulloso sobre un enorme barranco, a orillas de un río cuyas aguas provenían del norte, recorriendo miles de kilómetros. El puerto era sencillo, pequeño, pero activo. Solo un atracadero, tres galpones y pocas casas enmarcaban el sitio.

Los Galarreta, Secundino y Francisco, se encargaron de buscar a un lanchero que en la última visita los había llevado hasta sus tierras. Convinieron el viaje para la mañana siguiente. Alejandro ubicó los paquetes, baúles y herramientas que traían en uno de los galpones del puerto.

Esa noche se hospedaron en una sencilla posada del pueblo, sin comodidades, se trataba de una gran sala con camastros alineados, un sitio impregnado por el aroma del tabaco, el alcohol, la mugre y el orín. Allí era donde pernoctaban isleños que venían a la ciudad de compras o a realizar algún trámite.

A la mañana siguiente, apenas la oscuridad comenzara a insinuar su despedida debían ponerse en camino isla adentro.

Esa noche la ansiedad no les permitió descansar. Escucharon algunas historias en el bar, junto a la posada, y bebieron unos tragos hasta cerca de la madrugada.

Alejandro no dejaba de preguntarse qué hacía allí, por qué había aceptado este trabajo habiendo tantos otros.

—Estos hombres están locos, ¡qué necesidad de seguirlos! Debo pensar mejor mis decisiones –se recriminaba.

Era consciente que el desamor y la soledad resultaban una combinación fatal para su vida y ellos se habían convertido en dos importantes motores que le daban impulso a esta decisión.

Cuando en el bar ya no quedaba compañía regresaron a la fonda. Alejandro buscó la cama más limpia y prolija y se recostó encima de una frazada gastada y polvorienta. Entre los cuestionamientos y las imágenes de su pasado fue entrecerrando los ojos y dejándose caer en un sueño breve, pero profundo.

Apenas amaneció y luego de cargar todos los materiales, alimentos, baúles y herramientas comenzaron la segunda etapa del viaje.

Era una mañana fresca, iniciando la primavera, los rayos del sol aún no asomaban, pero mostraban su inminente presencia en la tenue luminosidad del cielo. El río sereno, aceitoso, amarronado, reflejaba los árboles de la costa, los sauces llorones acariciaban con sus ramas el agua como intentando retenerla a su paso.

Alejandro giró su cabeza, miró hacia el puerto desde donde partieron, todavía estaba quieto. Los enormes galpones se erguían en el lugar, a un lado la escalinata descendía hacia el río sumergiéndose en las aguas. Los únicos que recorrían los alrededores eran unos pocos perros vagabundos en busca de una buena presa o de las sobras que en la noche los tripulantes habían arrojado desde los botes amarrados.

La mirada de Alejandro era de confusión, casi desesperación, intentaba encontrar una respuesta a tantos giros en su vida.

En el aire flotaba un agradable y suave aroma al río cargado de peces.

El frágil bote, que parecía ser acunado por las aguas, cruzó a la ribera contraria y entró en un canal que los conduciría hacia su destino final.

En la primera hora vieron algunas casas, construidas sobre pilotes de madera gruesos y macizos que las elevaban varios metros de altura. Las canoas permanecían atadas al muelle esperando su próxima partida para recorrer espineles.

Todo era quietud salvo el agua que era desplazada por la embarcación, con fuerza se abría paso hacia el siguiente río.

Un grupo de garzas que buscaban su alimento en una playa junto a la costa levantó vuelo manifestando su molestia por la presencia de los aventureros.

Flotaba sobre el agua un velo translúcido, una especie de niebla formada por el humo de la fogata encendida dentro de un horno de barro, que se preparaba para hornear el pan del día.

El canto de un esbelto y vanidoso gallo marcaba el inicio de una nueva jornada, como anunciándoles una nueva vida, el nacimiento de algo distinto, la llegada a otra etapa.

Luego todo fue soledad, solo río, pastizales y un cielo brillante fueron testigos de su paso.

Ya habían navegado durante varias horas cuando Francisco, con desesperación, gritó:

—¡Es aquí! ¡Detente!

—¡No, hombre, no seas animal!, te he dicho que está unos metros más arriba de aquel sauce. La última vez pasó lo mismo.

—Sí, pero yo tenía razón, ¿no? Siempre la tengo. Es aquí, amarra –ordenó Francisco con tono firme sin dar posibilidad a la opinión.

Todo era parecido, hacia donde miraran había monte y agua, nada más.

La llegada fue una experiencia incomparable con ninguna otra vivida por aquellos hombres. El lugar de amarre era un muelle improvisado con algunos troncos, apenas perceptibles por el avance de totoras y juncos. El agua chocaba con ellos, golpeándolos en un ir y venir eterno.

La canoa de Demetrio se encontraba volcada en tierra. En ella regresaría al pueblo aquel mismo día, con el dinero que le darían como pago.

Una senda angosta, desdibujada, se internaba hacia el interior entre marañas de malezas, pastos altos y arbustos engalanados por lianas y mburucuyás. Fue necesario utilizar machetes para abrirse camino.

El trinar constante de pájaros haciendo eco en el monte, acompañó a los hombres su transitar hasta la choza ubicada a más de trescientos metros desde el río, en un alterón de tierra, para evitar que las inundaciones arrasaran con la endeble vivienda.

El descender en aquel sitio a otra persona le hubiese provocado pavor. La soledad complementada con lo salvaje era apabullante, estremecía pensar en vivir allí durante meses. Pero estas no fueron las sensaciones de Alejandro, en él produjo lo contrario, estaba eufórico, con entusiasmo, por primera vez desde su partida de España sentía que allí podría iniciar una vida diferente y a la vez apasionante.

6
El inicio

Los días se sucedían uno tras otro, sumergiendo a los aventureros en una apatía estremecedora. El trabajo constante había anestesiado el impacto y entusiasmo de los primeros días.

Apenas llegaron inspeccionaron el lugar e inventariaron las labores para realizar durante los siguientes nueve meses, antes de la llegada del invierno.

La propiedad incluía un arroyo angosto que se encontraba a pocos metros de la casa, ideal para el aseo, lavar la ropa y también pescar. Ese arroyo se convertiría en una fuente de abastecimiento permanente. Sus aguas provenían del caudaloso río principal.

En la orilla entre los pastos, cerca de la casa, apenas se veía una arruinada canoa, con restos de pintura roja. Meses atrás, Francisco la había traído remando contracorriente. Su idea era solicitarle al viejo Demetrio que la pusiera en condiciones para salir de pesca o, si alguna urgencia se presentaba, remar hasta el vecino más próximo, varios kilómetros aguas abajo.

Al poco tiempo se sumó a la aventura don Demetrio que había comprado unas pocas hectáreas de tierra, tres kilómetros aguas arriba, en una zona aún más inhóspita. Allí se levantó su vivienda sin puertas ni ventanas, solamente bolsas de arpillera cumplían la función de cortinas. Continuó construyendo canoas, pero también reparando cualquier tipo de bote. Él fue el único vecino por mucho tiempo.

La vivienda de los socios era baja, con paredes de barro y techo de paja. Tenía pintadas sus paredes internas y externas de blanco. Se trataba de un solo ambiente en el que se encontraba en un rincón la cocina a leña, en el centro una mesa pequeña y tres sillas. Empotrados en una de las paredes dos rectángulos de maderas sin pintar que cumplían la función de estantes. Sobre ellos se hallaban cuidadosamente ordenados, para aprovechar el espacio, algunas tazas, platos de lata, una olla y cubiertos. En el estante superior, en una de las esquinas se podía ver la caja de lata que contenía el tabaco y los papelillos con que se armaban los cigarros. En la pared sobre la que se apoyaba la cocina habían colocado un barral de hierro del que pendían el cucharón, un colador y la espumadera. La casa al frente contaba con una ventana y una puerta, ambas construidas con algunas tablas separadas entre sí que permitían la entrada de la luz exterior.

Detrás de la casa, a cincuenta metros, habían comenzado a crecer los esquejes de eucaliptus. Seguramente otro sería el paisaje cuando ellos cobraran altura. La elección de forestar con esta especie de árboles no fue por capricho ni azar, había sido producto de un largo análisis tras el que descubrieron que su crecimiento era relativamente rápido permitiéndoles, en pocos años, comenzar a comercializar su madera con fábricas papeleras, en auge por aquellos años.

Entre la casa y el arroyo crecía arrogante y solitaria una palmera Butia Chatay. Cuando los amigos llegaron por primera vez les extrañó el estado de su corteza, lastimada por los felinos de la zona. El gato montés y el yaguareté habitaron esas tierras hasta que fueron desapareciendo seguramente en busca de lugares solitarios y alejados de la presencia del hombre. Existieron pocas oportunidades en las que Alejandro o sus amigos estuvieron cerca de la belleza peligrosa de un yaguareté.

Durante los días del verano siguiente la casa demostró ser fresca y esto les permitió descansar en las horas calurosas y húmedas de la siesta, para retomar al atardecer sus tareas y finalizarlas ya avanzada la noche.

Los primeros meses fueron realmente duros, no solo por el trabajo desmalezando y forestando, sino que a ello y a la falta de comodidades básicas se sumaban las detestables serpientes, jabalíes y, sobre todo, los insectos, implacables al atardecer. Al desaparecer el sol los mosquitos cubrían sus espaldas desnudas, avanzaban desde los árboles hasta el interior de la casa en la búsqueda desesperada del alimento para su subsistencia.

Alejandro se encargó de improvisar una despensa en la que ordenó la harina, grasa, arroz y otros víveres que habían traído. La dieta se basaba en pescados: surubí, dorados, bagres y eran infaltables las mojarras fritas. Todo dependía de lo que cada día el río les ofreciera.

Fue necesario y hasta urgente arreglar la casa y añadirle una habitación. Entre los cuatro hombres, los hermanos Galarreta, su socio y Alejandro, se dedicaron a la construcción, la que debió suspenderse en varias oportunidades debido a los temporales de lluvia y viento.

La relación entre ellos comenzó a dificultarse; el cansancio y la convivencia dejaron en relieve los aspectos más crueles de cada personalidad. La intolerancia, el egoísmo y la impaciencia se hicieron presentes. Discutían acerca de todo, diariamente, lo que provocaba tensión e irritabilidad.

Durante el desayuno reinaba un incómodo silencio, las discusiones entre los hermanos y su socio iban incrementándose con el tiempo. Los únicos momentos de alegría eran los domingos cuando, al atardecer, se iniciaba el campeonato de cartas.

Entonces, sacaban la mesa y la colocaban debajo de un árbol no demasiado frondoso y jugaban al truco, un juego que habían aprendido en las cosechas. Los gritos y carcajadas del ganador y los cuestionamientos del perdedor resonaban en el monte asustando a los pájaros que perdían alguna pluma al levantar vuelo desesperadamente. En esas horas se olvidaban de todo, incluso de las desavenencias.

Se transformó en habitual que todas las noches, serenas y sin lluvia, al terminar la cena, Alejandro armara su cigarro y saliera a tomar aire fresco, no deseaba involucrarse en los desacuerdos que surgían entre sus amigos con respecto a las tareas y proyectos que planeaban.

Solía sentarse en un tronco, a un lado de la casa, muy cerca del arroyo, en donde cortaban la leña para la cocina. Estando allí no podía adivinar la proximidad de otro cerca de él. En noches de luna nueva la oscuridad invadía todo, pero cuando los ojos no veían los oídos se agudizaban registrando cada sonido en el monte. Era capaz de reconocer el oleaje que sonaba al tocar la costa, las ramas al mecerse con la brisa, el canto de algún pájaro nocturno que resonaba solitario. Solo era posible ver los rayos de luz de la cocina, que escapaban entre las tablas de la puerta. Esos rayos en muchas oportunidades tomaban distintas formas que provocaban en él recuerdos de su pasado o fantasías sobre el futuro.

Cuando dentro de la casa todo se iba calmando, entraba sigilosamente y se acostaba en una improvisada cama de lonas y pastos secos, en un rincón debajo de la ventana, en noches calurosas o cerca de la cocina cuando el clima cambiaba.

Al cabo de algunos meses habían logrado organizar la casa, agregarle una habitación, desmalezar los alrededores de la vivienda, armar el horno de barro, construir un muelle de troncos en el arroyo y abrir un camino ancho hasta el río. Este último permitió que, en noches de luna llena, Alejandro pudiera caminar hasta el gran río, respirar el aire fresco y ver cómo en las aguas se reflejaba la luna. En esa soledad, frente al río, se sentía parte del paisaje, parte de ese lugar.

Fue por aquellos días cuando los hombres decidieron turnarse para comenzar a trabajar en la ciudad, así podrían ganar algo de dinero y comprar varios elementos como camas, herramientas nuevas y ropa para el invierno.

Alejandro fue el único que permaneció allí, no le interesaba socializar, le agradaban el silencio y la lejanía de aquel lugar. Lo único que él deseaba era que en los viajes que realizaban al pueblo enviaran sus cartas a España. Desconocía lo que sucedía en el mundo y tal vez ya no le importaba.

El que viajaran para realizar trabajos temporales en la ciudad trajo calma en las interacciones de los que quedaban en la isla.

Al regreso de cada viaje se renovaban los vínculos entre ellos, surgían nuevos proyectos que los entusiasmaban. Luego de uno de sus viajes Secundino trajo consigo granos de maíz y algunos frutales como naranjos y mandarinos que plantaron en la porción de terreno a la izquierda de la casa. Para esto abrieron surcos en la tierra, removiéndola y quitando las malezas. Realizaron canales de riego cavando pequeñas zanjas que permitían llevar el agua del arroyo hasta la plantación.

La siembra del maíz requirió de mayor trabajo, primero debieron extender las sangrías derivando el agua del río hacia el sector de cultivo. El sitio elegido se encontraba a pleno sol, al reparo de los vientos. Con la ayuda de picos y palas abrieron en la tierra varias líneas de surcos profundos. Allí esparcieron las semillas, las cubrieron y cuidaron aguardando su nacimiento.

A un lado de la casa construyeron un entramado de troncos en los que la parra de uvas Monterrico extendería sus brazos asiéndose fuertemente para producir y proteger sus frutos. Debajo de ella, al reparo de su futura sombra, colocaron un filtro de agua. El artefacto estaba compuesto por piezas de barro cocido que en forma lenta permitían que el agua marrón, cargada de sedimentos, se transformara en otra levemente coloreada, aunque sin alterar el sabor original.

Con trabajo, voluntad y paciencia fueron produciendo algunos cambios necesarios para sobrevivir los primeros años.

7

Su hogar

Una tarde hacia finales del verano, cuando Alejandro volvía del río con la recolección de los peces atrapados en un espinel extendido en un remanso cercano a la costa, escuchó fuertes gritos que provenían desde dentro de la vivienda. Ese mediodía había regresado del pueblo Francisco con la idea de criar animales. Alguien que había conocido en una fonda le vendería cerdos, ovejas y algunas vacas. Esto implicaba no solo la compra, sino también el traslado de los animales, lo que tornaba a esta en una inversión económica imposible de afrontar. Un tema llevó a otro y comenzaron las recriminaciones mutuas. Los golpes de puños en la mesa presentaban la discusión como violenta.

Alejandro era el empleado, no tenía participación en las decisiones, solo hacía sugerencias que siempre eran bien recibidas. Pero aquel día, tal vez hastiado del mal humor que reinaba, se quedó en el arroyo limpiando los pescados, les sacó con una navaja bien afilada las escamas, abrió el vientre de uno de ellos, lo vació y lavó cuidadosamente. Las vísceras quedaron flotando sobre el agua junto a la sangre y antes que comenzaran a hundirse las aves se encargaron de ellas. Era una tarea que le resultaba desagradable, pero que inevitablemente debía realizar.

Luego de algunos minutos la discusión se transformó en diálogo, tal vez porque habían comprendido que a nada bueno los conducía.

La tarde comenzó a desvanecerse dando paso a la naciente oscuridad, el calor del día mutó en una suave frescura. La penumbra avanzaba desde el monte en donde ya no era posible distinguir las copas de los árboles que se habían rendido ante las sombras de la noche. Sobre la casa aún quedaba la última luminosidad del día que moría.

Alejandro se aseó en el arroyo. Cortó unos cuantos trozos de leña y con ellos en sus brazos se paró frente a la puerta de ingreso a la casa. Los tres estaban sentados a la mesa, sus figuras se mezclaban con la penumbra que invadía el lugar y el humo de algún cigarro que flotaba en el ambiente.

—Pase, hombre, ¿qué hace ahí parado? Pase, pase y cierre la puerta. – Pedro, el socio de los hermanos, le dio la aprobación que estaba esperando.

Alejandro avivó el fuego para freír unos trozos de pescado, luego encendió la luz. Una botella de vidrio contenía el combustible, este embebía el pabilo y al arder provocaba una mínima llama acompañada por denso humo que teñía de negro las paredes. Aquel candil fue testigo de largas noches, compañero de momentos de desolación cuando, al morir el día, llegaba la insondable oscuridad. Traía sosiego a los moradores de la casa, cuando la noche engañosa acrecentaba los sonidos del monte, provocando sensaciones de soledad y vulnerabilidad.

Aquella noche fue distinta, regresó la armonía y tranquilidad. Todos estaban de mejor humor, la charla había ordenado las relaciones. Fue tan diferente a otras que los cuatro conversaron, por primera vez, sobre sus vidas, sus sueños y miedos. La nostalgia y los recuerdos no faltaron. Hablaron sobre sus sacrificios, los sentimientos y los momentos de desesperación que habían vivido desde la llegada a la Argentina, alejados de sus costumbres, de los lugares donde fueron felices y por sobre todo de sus familias.

—No sé, pues, si la decisión de venir a América fue la mejor –por primera vez Secundino expresaba sus dudas al respecto.

—Pero no os fue tan mal –acotó Francisco con inusual simpatía.

—No, eso lo sé. Igual se extraña.

—Sí, se extraña todo, la familia, los amigos, los olores, la música.... –continuó Alejandro.

—Me parece que Ud. extraña algo más, ¿o me equivoco? –lo interrogó Secundino con curiosidad.

Alejandro no respondió.

—Yo he dejado allá a mi prometida –dijo Pedro mirando la pava que hervía sobre la cocina–. Mandaré a buscarla apenas pueda. Nos conocemos desde niños y antes de partir estábamos planeando casarnos. Los pocos ahorros que hemos juntado los he utilizado para el viaje. Le prometí que apenas pueda la traeré conmigo.

—Pero... ¿le parece que este es un buen lugar para una mujer? –preguntó Francisco.

—Por ahora no, pero pronto lo será –respondió Pedro.

—He conocido una mujer hermosa en mis viajes al pueblo –dijo Secundino con una sonrisa pícara dibujada en su rostro.

Francisco lo miró desconcertado, nunca se lo había comentado.

—Te lo tenías bien guardado, ¿no? –le dijo Francisco sonriendo.

—Es viuda, tiene un niño –agregó Secundino.

—Coños, hombre, eres un tonto, mantendrás a una mujer y al hijo de otro. ¡Es lo único que te falta! –meneando la cabeza.

—No tienes nada que ver en el asunto. Son cosas mías, metete en tus problemas, o ¿yo te digo algo de las mujeres con quienes tú andas?

Francisco no respondió, dándole la razón de alguna manera.

—Ya sé de quién hablas, es una hembra magnífica, yo también estaría como tú si hubiera intimado con ella –se sonrió Pedro.

Se trataba de una mujer a la que la vida había empujado a la prostitución, sola con un hijo que mantener se dedicaba a brindar placer a muchos inmigrantes. Secundino no era el único, pero eso a él no le importaba.

La conversación continuó durante la cena. El pescado frito, dorado y crujiente, junto a un buen vaso de vino fue el corolario de aquel día. Finalmente habían decidido separarse, se distribuirían las tierras para evitar más discusiones y continuar la amistad, pero no la sociedad. Los tres eran obstinados, de fuerte personalidad y de continuar juntos, seguramente, harían fracasar el proyecto y anular tantos esfuerzos.

Alejandro no comprendía cuál sería su situación en el futuro y cuándo recibiría su paga. Pero antes de irse a descansar Pedro le aclaró:

—Alejandro, tú también tendrás una porción de tierra como forma de pago, sabemos que no hemos cumplido, elige unas hectáreas hacia el sur, son buenas tierras.

Alejandro no contestaba.

—No podremos pagarte de otra manera, nada resultó como pensábamos –dijo Francisco con tono de voz calmo.

Tampoco habían resultado las cosas como Alejandro lo pensó. Si bien era el lugar donde quería quedarse, aquella noche no les dio una respuesta porque la propuesta lo había sorprendido. Estaba siendo empujado a tomar una decisión de manera abrupta, sin planearlo o tan solo imaginarlo. Ser propietario de parte de aquella isla le agradaba, pero también lo asustaba.

Por la mañana, luego del desayuno, cuando sus compañeros se internaron en el monte con machetes, palas y guadañas, Alejandro salió a recorrer las tierras ofrecidas.

El lugar era impenetrable. A fuerza de machetazos llegó hasta el final de la propiedad no sin antes cruzar algunos cursos de agua.

Se sentó debajo de un árbol e imaginó una casa en alto, un gallinero, una huerta y una enorme plantación de frutales y eucaliptus. Luego caminó hasta el gran río y descubrió una playada fangosa de unos cuantos metros de largo.

La idea de echar raíces allí comenzó a germinar en un rincón de sus pensamientos, pero aún no tomaría ninguna decisión, necesitaba más tiempo.

Nadie en la casa le insistió ni lo forzó a elegir su parcela, pero era imperioso comenzar a dividir la propiedad.

Una noche, luego de la cena, cuando sobre la cocina a leña hervía una gran pava con agua para el té, Secundino y Pedro se armaron un cigarro cada uno y sobre un papel comenzaron a diagramar la propiedad. Alejandro comenzó a preocuparse cuando se habló de las tierras que él había estado visitando, por lo que debió intervenir y comentarles que estaba interesado en el ofrecimiento que le habían realizado.

La porción que estaban dispuestos a darle consistía en tres hectáreas, pero Alejandro les propuso algo distinto.

—Necesito más tierras, les pagaré ocho hectáreas más, si me las venden. –Con tono de voz sereno comentó Alejandro.

Él sabía muy bien que necesitaba más tierras para forestar y lograr un proyecto exitoso. La tala de árboles para la venta requería de un control en el crecimiento de los ejemplares. Mientras en un sector crecían los árboles más jóvenes, en el otro se desmontaba.

—Tú sí que eres rápido, no te vienen bien tres que estás pidiendo más –refunfuñó Secundino.

—Nos propone comprarlas –aclaró Francisco.

—¿Y con qué dinero? No tienes ni un peso encima, si te dan vuelta no cae ni una peseta –afirmó enojado Secundino.

—Algo tengo, pero no es suficiente. Trabajaré en la ciudad y les iré pagando, además puedo ayudarlos en el monte y no solo cocinar.

—Ya veremos –dijo Pedro saliendo de la cocina.

En los días siguientes nada se supo sobre el parecer de los socios ante la propuesta.

Un domingo ya entrado el otoño, luego de la siesta no jugaron a las cartas como lo hacían habitualmente, sino que se reunieron los cuatro cerca de la pequeña parra y mediando un té con un trozo de pan casero le informaron a Alejandro que les sería muy grato tenerlo de vecino.

Así quedó definido: Alejandro hacia el sur en el centro los hermanos y Pedro en el extremo norte del terruño, al otro lado del arroyo.

Esa noche Alejandro no durmió, fue tanta la emoción y a la vez la responsabilidad asumida que imaginaba las actividades que debería realizar, el tiempo que le llevaría pagar, cómo distribuiría los cultivos e incluso cerró los ojos e imaginó que su familia de España venía a visitarlo.

Cuando el cielo comenzó a clarear todavía seguía absorto en sus proyectos.

Por supuesto lo invadían dudas, pero también una energía diferente, desconocida hasta ese momento, era el entusiasmo que reaparecía.

Durante el desayuno en su rostro se esbozó una apenas perceptible sonrisa, mientras estaba abstraído en sus planes. Secundino guiñó un ojo a los otros señalando este acontecimiento y fue entonces cuando las carcajadas asustaron a Alejandro, quien se sumó a ellas luego de unos instantes.

8

Ana

En el arroyo se formaron ondas concéntricas, al caer una vieja lata de dos litros que colgaba de una manija de alambre de la que pendía una larga soga. La inclinó con un firme golpe y la llenó de agua, luego comenzó a subirla. Vertió el líquido turbio en una pequeña pileta colocada sobre un soporte de madera en la orilla. Se lavó la cara y mojó su oscuro cabello cortado a navaja. Con prisa secó el rostro y cuello, finalmente peinó hacia atrás su pelo.

Apenas amanecía cuando salió de su camastro y agregó más leña en la cocina para que el agua dentro de la pava, que aún estaba tibia, alcanzara mayor temperatura.

El final del invierno se presentaba más frío de lo habitual. En su corta y rápida caminata hasta el arroyo para asearse sintió bajo los suecos de madera el crujir de la escarcha, los pastos y la tierra estaban cubiertos por una fina capa de hielo.

De regreso a la vivienda se sentó en un banco de madera, que él mismo había fabricado. Tomó la pava y la colocó en el piso, junto a él. Preparó el mate, una infusión típica de la zona que había sido largamente rechazada hasta caer cautivado por su enigmático sabor. Colocó yerba en un pequeño jarro blanco con dos asas, lentamente volcó agua caliente, sin hervir, en el centro y una vez que toda la yerba estuvo humedecida continuó hasta llenar de agua el recipiente, por último, insertó la bombilla. Tomó un sorbo, se detuvo un momento para determinar si la temperatura y el sabor eran de su agrado, luego continuó hasta ingerir todo el líquido. Cuando la bombilla crujió anunciando el final, agregó más agua. Este procedimiento lo realizaba entre ocho o nueve veces. De esta manera el té fue desplazado y bebido solo en pocas oportunidades.

Cuando todavía sus amigos no despertaban y el sol comenzaba a entibiar la angosta senda hacia sus tierras, tomó algunas herramientas y hacia allí partió.

Era domingo, su día libre, planeaba terminar el muelle que llevaba varias meses de construcción. Había cortado con hacha algunos sauces y quitado la corteza a machete. Los troncos de igual longitud y mayor diámetro fueron colocados de a pares verticalmente en huecos profundos con una separación de noventa centímetros entre sí. Dos de ellos se plantaron en la costa y otros ya dentro del agua. Les agregó el marco sobre el que colocó trozos transversales de madera empleando grandes clavos. Lo realizó por tramos hasta lograr avanzar unos cuantos metros aguas adentro, alcanzando buena profundidad.

Aquel día colocaría algunos escalones en el extremo del muelle que permitirían el descenso o ascenso a una canoa o a algún bote de poco calado.

Mientras fumaba un cigarro armado, sentado en la pequeña escalinata, disfrutando del maravilloso canto de pájaros y de su obra finalizada, escuchó moverse algo entre unos pajonales altos y densos cercanos al muelle. Rápidamente se paró y tomó el machete, se aprestó a enfrentar al animal salvaje que allí se parapetaba para atacarlo. Imaginó que podría ser un gato montés que saltaría sobre él, sin previo aviso. Los pastos continuaron moviéndose, Alejandro avanzó sigilosamente, abrió algunas matas de totoras y paja brava empleando el mismo machete y así pudo ver al atacante. Era un animal grande, de color pardo, patas oscuras, que tomaba agua cerca de allí. Cuando levantó su cabeza observó que portaba elegantemente cuernos, altos y poco ramificados. Se trataba de un ciervo de los pantanos tan nombrado por los vascos Galarreta. Era poco común que se los viera cerca de lugares habitados. Durante unos pocos segundos se miraron a los ojos, Alejandro quedó inmóvil para evitar asustarlo y poder apreciar su belleza. El animal se volvió y continuó bebiendo, pero cuando Alejandro intentó retroceder para no molestarlo el ciervo lo percibió amenazante y huyó entre la maleza saltando con agilidad y rapidez.

El encuentro fue tan rápido e inesperado que a los pocos minutos Alejandro se preguntaba si en realidad había visto un ciervo o eran las consecuencias de la falta de alimento, ya que, por la posición del sol, había pasado el mediodía.

El resto del día se dedicó a preparar una bolsa con unas pocas prendas, la navaja para afeitarse, el escaso dinero que hacía diez meses guardaba y una boina negra que utilizaba a diario, obsequio de uno de sus compañeros.

El lunes remó varios kilómetros aguas abajo, hasta el canal. La canoa de Francisco se encontraba restaurada y pintada gracias a la habilidad de Don Demetrio. El paisaje había cambiado y muchos árboles mostraban la desnudez de la época que aún no terminaba. Al frío en río abierto se sumaba una suave brisa del sur que provocaba en la cara y las manos una sensación similar a docenas de diminutas agujas clavándose. Se asombró al ver en la margen contraria algunas personas construyendo su vivienda. Pensó que a su regreso pasaría a saludar y presentarse.

Ya en el canal amarró a un sauce la canoa y en un limpión de la costa esperó a Vicente que pasaba por allí todos los lunes con su lancha almacenera. Con el avance de la mañana el sol fue calentando y otro era el clima ahora, ya cercano al mediodía.

Llevaba demasiado tiempo alejado de la sociedad aunque su aspecto seguía siguiendo el de un hombre joven y atractivo.

Pedro le había dado todas las instrucciones sobre dónde dormir y en qué lugar del puerto debía ubicar al contacto que lo llevaría a trabajar en los trigales.

La paga no era mala, pero no existía, según su parecer, una correlación justa entre el dinero y el esfuerzo. Las horas de trabajo en ocasiones se extendían hasta entrada la noche, momentos en los que utilizaban un farol colgando del cuello.

La personalidad de Alejandro propiciaba, en personas que poco o nada lo conocían, entablar una amistad basada en el respeto y la confianza. Este fue el caso de don José, un peón de campo que se había dedicado a estos menesteres desde muy joven. Hoy ya con varias décadas de experiencia tenía ganado el respeto de sus pares. Vivía en la estancia, con su familia, en una pequeña casa que el patrón le había asignado como reconocimiento a tantos años de fidelidad.

Don José trataba a Alejandro como a un hijo, le enseñó mucho sobre plantas e injertos para obtener grandes y sabrosos frutos.

Cuando finalizó la siembra, Alejandro recibió la oferta, que el hombre ya había consultado con el capataz de la estancia, para continuar trabajando por unas semanas más, colaborando en diversas tareas en reemplazo de uno de los peones que había viajado a visitar a su madre moribunda.

Bien temprano, don José llamó a Alejandro para que lo acompañe al pueblo a realizar varios trámites y compras. Debían pasar por el almacén, el correo y realizar algunas otras diligencias a pedido del patrón.

Salieron antes del amanecer. El camino era angosto con dos huellas secas y profundas por las que el carro transitaba con algunas dificultades. Altos eucaliptos bordeaban la senda. Los hombres abrigados con ponchos y mantas iban en silencio. Los caballos caminaban seguros por aquel lugar que recorrían desde hacía años. La carreta se meneaba y sacudía la somnolencia de sus pasajeros. El paisaje de todos los días se había esfumado, aunque era posible escuchar la brisa correr entre los árboles y mecerse la hierba crecida en los campos.

Gran parte del día estuvieron abocados a cumplir con todos los encargos. Al finalizar, ambos se sentaron en un banco de la plaza central del pueblo. Para los hombres fue altamente gratificante, les había resultado más agotador que el trabajo en el campo. Aquella plaza era un sitio agradable, tenía canteros de césped distribuidos simétricamente, se observaban algunas palmeras y pinos, estaba perfectamente limpia; dos sendas anchas la atravesaban en diagonal y en el cruce de ambas, en el centro, se alzaba firme y orgulloso el mástil en el que flameaba la bandera argentina. Era el lugar de encuentro de los vecinos, muchas personas caminaban por allí.

Estaban descansando rodeados de paquetes de papel atados con hilo, algunas bolsas de arpillera con víveres y un trozo de tela verde que doña Aída había solicitado muy insistentemente para su costura. Fue en aquellos momentos cuando, al mirar a don José, Alejandro vio detrás de él, no muy nítida, la figura de una mujer que llamó su atención. Fijó sus ojos en ella, era joven, alta y de una belleza cautivante. Portaba una sonrisa sutil y ojos vivaces. Su piel era blanca y aun de lejos percibía su tersura. Recorrió lentamente con sus ojos el cuerpo de la muchacha tratando, sin éxito, de disimular la maravillosa impresión que provocó en él. Su rostro se ruborizó al ser descubierto por la joven que fijó la vista en ellos. Don José le hablaba sin parar, pero él solo oía un parloteo incomprensible.

Descubrió que la mujer se dirigía hacia ellos vestida con una larga falda verde olivo, un saco azul ceñido por unos cuantos botones a la cintura y el cabello negro prolijamente peinado en un recogido.

Logró reaccionar parcialmente a este encantamiento cuando la joven se acercó a don José y lo saludó:

—Hola, tío, ¡qué sorpresa! ¿Mamá sabe que estás en el pueblo?

—Este..., no, no –carraspeó mientras sacaba de un bolsillo un pañuelo para secarse el sudor.

—Acá estoy con un amigo, tenemos que volver hoy mismo o tu tía se va a preocupar. –Don José trató de disimular los pocos deseos que tenía de visitar a su hermana.

—Encantada –saludó la joven a Alejandro, con tono de voz melodioso.

—Perdón, sobrina, te presento a mi buen amigo Alejandro.

Este intentó infructuosamente que saliera alguna palabra de su boca. Por lo que realizó solamente un movimiento con su cabeza acercando el mentón al pecho.

—Vamos para casa que mamá va a estar feliz de verte –le dijo la joven a su tío mientras lo tomaba delicadamente del brazo.

—Coméntale a tu madre que la visitaré el próximo domingo. Vendremos con tu tía a misa y luego nos llegamos a saludarla.

—Creo que eso le va a gustar –acompañó el comentario con una sonrisa de conformidad.

—Dale saludos a mi hermana. Dile que no prepare demasiada comida. Seguro que Aída tracrá algunas tortas fritas para la hora del mate.

—Saludos a la tía Aída.

Antes de alejarse, miró provocativamente a Alejandro a los ojos y le dijo:

—Usted también está invitado, Alejandro. Lo esperamos el domingo.

El corazón del joven latía agitadamente y solo balbuceó un "gracias".

Mientras la observaba alejarse comenzó a interrogar a don José buscando satisfacer su curiosidad. Deseaba saber más sobre ella, cualquier dato era valioso para él.

Ya había caído la tarde, con la llegada de la noche el frío se intensificó. Cerraron sus abrigos, faltaba un largo tramo para llegar a la estancia. En el viaje de regreso no dejó de pensar en ella, trataba de fijar su atención en otras cosas que hasta ese momento eran el motor de su vida, sin éxito.

Aquellos días para él pasaron lentamente, esperaba con ansiedad el reencuentro. Varias veces se cuestionó si era correcto o no asistir a su casa, sin haber sido invitado por sus padres. Pero sería imposible negarle algo a don José, además, la ansiedad por volverla a ver iba incrementándose conforme pasaba el tiempo.

Cuando el domingo llegó, se levantó para afeitarse y vestirse con las ropas más elegantes que su amigo José le había prestado.

Partieron, en el carro, José, su esposa Aída y Alejandro. Salieron temprano para llegar a misa puntuales. Alejandro esperó a la pareja sentado en un banco de la plaza, esa misma plaza en la que hacía pocos días había conocido a Ana. El tiempo parecía haberse detenido, la espera fue tortuosa. Cuando finalmente la misa concluyó y vio aparecer al matrimonio, respiró aliviado.

Alejandro condujo el carro, según las indicaciones de José, hasta la casa de Ana. Debieron bajar parte de la barranca hacia el río.

La hermana de don José los recibió. Una mujer encantadora, atenta y alegre. Seguramente Ana heredaría el carácter de ella, pensó Alejandro.

Fue el mejor domingo en años. Luego de almorzar en una larga mesa que habían preparado para la ocasión, Ana invitó a Alejandro a caminar hasta el puerto, no muy lejos de su casa. La tarde era cálida, distinta a la mañana helada con que había comenzado el día. Bajaron hasta la costa por una calle de veredas anchas. Ella iba a su lado. Los árboles aún mostraban su ramaje oculto durante el verano, permitiendo que los rayos de sol entibiasen suavemente los cuerpos de los peatones. El andar pausado de un carro tirado por un caballo negro de patas blancas interrumpía el silencio de la tarde.

La joven era divertida e incluso transgresora en muchos aspectos. Alejandro pudo contarle de sus planes, aunque con pocos detalles, no deseaba aburrirla o causarle una mala impresión. Ella pareció admirar su coraje e iniciativa.

Ya de regreso Ana tomó su brazo sin consultarle. Para Alejandro fue una muestra de afecto que hacía mucho tiempo nadie le brindaba. La miró a los ojos y sonrió.

—¡Qué hermosa tarde! –dijo la muchacha.

—Sí, la tarde, pero también la compañía –comentó Alejandro sin mirarla a los ojos.

Ana se sonrojó.

Caminaron de regreso conversando, pero también disfrutando de los silencios que parecían unirlos más que las palabras.

—Gracias por el paseo, Alejandro.

—Yo debo agradecerle. Le seré sincero, dudé en aceptar la invitación.

—¿Por qué? –dijo mirándolo fijamente.

—No soy hombre de reuniones, además...

Ana lo interrumpió:

—Sepa que usted siempre será bienvenido en nuestra casa.

—Apenas me conocen, vosotros no sabéis nada de mí.

—Sí, es verdad, pero es como si siempre lo hubiera conocido. No necesito mostrarme de otra manera, con usted puedo ser yo y decir lo que siento –hizo una pausa al descubrirse demasiado sincera.

—Mejor dicho, decir cómo me siento –se corrigió.

—¿Y cómo se siente?

—Soy feliz. –Apoyando su rostro en el hombro de Alejandro, sonrió.

Él sintió deseos de besarla, pero los contuvo solo para que un acto impulsivo no arruinara lo que se estaba gestando entre ellos.

9

La carta

De regreso a la isla, las ideas y proyectos saturaban sus pensamientos, así como le habían contado que las aguas mansas y densas del río cubrían de limo las costas, al retirarse luego de las crecidas.

La alegría que había llegado de la mano del amor, como en otras oportunidades, cambiaba su manera de enfrentar la vida, le agregaba una buena dosis de esperanza, él no se permitía ser feliz, por desconfianza a que el destino, sin aviso, le arrebatara lo poco que había logrado.

Por aquellos días recordó su vieja afición a la música. Buscó con ansiedad en el fondo de su aparatoso baúl, compañero de viaje por años. Ese mismo baúl que había sido preparado por las dulces manos de su madre. Allí estaba la ocarina Meissen, prácticamente olvidada, envuelta en un lienzo oscuro, dentro de una pequeña caja de madera. Este instrumento musical de fina cerámica alemana, color blanco con pequeñas flores celestes, muchas veces había resonado entre los cerros de su villa natal, pero nunca, ni una sola vez desde su llegada, había vibrado al compás de una melodía en las nuevas tierras.

En los días serenos era posible escucharla, incluso, desde el gran río, cuando alguno de los hombres estaba de regreso luego de largas horas de pesca.

El trabajar junto a don José en la estancia le había permitido no solo aprender sobre cultivos y abonos, sino también ganar dinero para comprar herramientas y varios elementos como alambre, sierra, hacha y otro machete para comenzar a edificar su propia casa. Ese lugar que le sería propio y en donde se imaginaba criando a sus hijos.

Empleó troncos gruesos para realizar los pilotes sobre los que iba a erguir la casa. Los tenía preparados hacía algunos meses. Una vez que estuvieron enterrados a buena profundidad y fijos, armaron el piso sobre ellos. A fuerza de hacha y sierra cortaron troncos más delgados para levantar las paredes. El trabajo se hizo en varias etapas y sus tres amigos colaboraron en cada una de ellas. Cuando estuvo terminada, Alejandro se dedicó a techar. Tenía vasta experiencia en el tema, aunque el material empleado era distinto al que usaba en España.

Hacía tiempo estaba preparando troncos de distintos tamaños a los que les había quitado la corteza una vez que secaron. Ya próximo al momento de techar recogió gran cantidad de paja brava, una hierba fuerte que crecía cerca de la costa. Luego de fijar los troncos que cumplían la función de tirantes del tejado, comenzó a tejer los manojos de paja utilizando como aguja un báculo al que iba atado el alambre. Se trataba de un trabajo lento que requería de paciencia y conocimiento.

Pasaron varias semanas de labor dura y constante. En cada viaje que hacían sus amigos al pueblo llevaban la lista de compras de Alejandro. Generalmente sus pedidos se relacionaban con plantas de jardín, frutales y semillas para comenzar una huerta y su propio sembradío de maíz.

Soñaba con el día en que Ana descendiera en el muelle, la imaginaba caminando hacia la casa, disfrutando de los colores y aromas de los rosales, madreselvas, jazmines y hortensias.

Logró levantar la vivienda sobre varias vigas de gruesa madera para evitar que las inundaciones arrasaran con ella, ya que la zona escogida no era tan alta ni tan segura como la elegida por los vascos Galarreta.

Le agradaba caminar desde el río hacia la casa, la observaba orgulloso como un atleta mira sus trofeos. Era la concreción de sus sacrificios y del comienzo de una vida distinta. Ya había superado la década de su llegada a estas tierras generosas y recién lograba dormir bajo su propio techo, humilde, sencillo, pero propio al fin. A medida que se acercaba era posible ver los detalles. Construida sobre troncos, paredes de madera y techo de paja. Al frente dos ventanas pequeñas. Una angosta escalera permitía ascender hasta un estrecho corredor rodeado por una rústica barandilla de sauce. Una sola puerta construida con las tablas de un enorme cajón encontrado en la orilla permitía el acceso a un único y diminuto ambiente. De un lado la habitación y del otro la cocina, así lo había planeado. Por ahora lo único que tenía era un incómodo catre, obsequio de sus amigos, una lámpara a kerosene y el baúl con sus pertenencias.

La primera noche que durmió allí se sintió libre, dueño de su destino, pues las decisiones más importantes de su vida fueron impuestas, como el viaje a América y la entrega de las tierras en forma de pago. Ninguna de ellas había sido ni siquiera considerada o soñada en algún momento. Era consciente de que todas esas medidas lo habían llevado a este grato momento, sin ellas no hubiese conocido a Ana, ni tendría su casa o la isla. Consideraba que era mejor pensar en lo logrado y no en lo que hubiese sido su vida sin esos giros intempestivos del destino.

Más de tres meses habían pasado y ahora con su vivienda terminada estaba próximo a viajar al pueblo para trabajar en la cosecha y, por supuesto, volver a ver a Ana.

En el último mes había suspendido en varias oportunidades su viaje al pueblo por imprevistos o nuevos proyectos de sus amigos. Otra vez el destino lo arrancaba, lo sacaba del camino alardeando su poderío con la facilidad y rapidez que una ráfaga quita de la cabeza el sombrero del desprevenido. Tal vez ese era el problema, estaba tan compenetrado en sus objetivos que no podía prever o imaginar otra cosa más allá de ellos.

En ese tiempo los socios debieron viajar al poblado para la compra de materiales, por problemas de salud y acuerdos comerciales.

En una de esas incursiones que emprenderían los Galarreta, y viendo demorada nuevamente su partida al pueblo, Alejandro no estuvo dispuesto a suspender sus planes, sus sueños, por eso le pidió a Secundino que le entregara una carta a don José, el tío de Ana. De los hermanos este era el más sociable, sabía que Francisco no intentaría entregarla, no por maldad o desgano, sino por hosco y huraño, no sabía ni le interesaba interactuar con las personas.

Secundino y Francisco se instalaron en una habitación de la fonda del puerto, de allí cada uno partiría a realizar los trámites o diligencias que habían motivado el viaje. Para no demorar el regreso se dividieron las tareas.

Francisco salió del lugar para realizar la compra de herramientas en el centro comercial del poblado, varias cuadras subiendo por el barranco.

Secundino debía contactar en el puerto a un lanchero que le había ofrecido la venta de un bote con la posibilidad de pagarlo a plazo. Mientras conversaba con el vendedor cerca de la costa, observó a un grupo de hombres, y entre ellos reconoció a Álvarez, el capataz de la estancia Los Patos, en la que vivía don José.

El bote en el que estaba interesado Secundino había sido reservado mediante un porcentaje del valor por otro isleño interesado en él. Se despidió del vendedor un poco ofendido y se acercó a Álvarez, este lo saludó efusivamente y lo invitó a tomar un vermut en el bar frente al muelle de amarre, cruzando la calle.

Entraron al lugar, era amplio con una imponente barra de madera barnizada en el fondo, detrás de ella un anaquel repleto de botellas de distintos tamaños y colores. El piso de cemento se encontraba limpio, era evidente que lo habían barrido hacía unos minutos porque la tierra aún flotaba en el ambiente. Las mesas y sillas estaban distribuidas aleatoriamente. Ellos se ubicaron cerca de una ventana que se encontraba abierta. Desde allí se veía parte del río y a vehículos en movimiento constante.

—¿Cómo anda todo por allá, don Secundino? –dijo Álvarez mientras observaba al encargado del lugar que se acercaba rengueando con un trapo en la mano para limpiar la mesa.

—Muy bien. Tiene que ir algún día, aquello ha cambiado bastante. Ya sabe que está invitado a pescar cuando desee –dijo Secundino luego de pedir un vermut, algo de queso, aceitunas, salame y pan.

—Sí, no lo olvido, lo que sucede es que el patrón no me da tregua. Hay mucho trabajo en la estancia.

—¡Claro, hombre, comprendo! –agregó Secundino.

—¿Usted está buscando trabajo? Mire que todavía me falta contratar a cuatro peones.

—No. Esta vez estoy de compras. En realidad, me interesa ubicar a don José. ¿Sabe cuándo andará por el pueblo?

—No creo que venga por ahora. ¿Puedo ayudarlo en algo?

—Sí, en la habitación dejé una carta que tengo para él.

Los dos acostumbraban a extensas sobremesas en las que las conversaciones abarcaban los temas más variados desde las críticas al dueño de la estancia, las ganancias por la venta de la madera, la política, las crecientes y por supuesto las mujeres.

El lugar se fue llenando de personas a medida que se aproximaba la hora del almuerzo. Dos platos de guisado cada uno acompañado por varios vasos de vino tinto fueron suficientes para ellos.

Finalmente, Álvarez sería el encargado de entregar la carta a don José.

Ninguno de los dos hombres conocía su contenido y jamás hubiesen imaginado que en ella Alejandro le pedía a don José la pronta entrega a Ana, con la mayor de las reservas, de otra carta adjunta en un sobre cerrado.

Aquel sobre resguardaba en su interior una declaración de amor simple, sencilla, pero contundente. Superaba apenas las diez líneas. Con una delicada caligrafía, luego de saludarla y explicarle la imposibilidad de volverla a ver, le declaraba su amor y el deseo de comprometerse con ella.

No había sido fácil escribirla. Fueron varios días para elaborar la idea y cuando la terminó necesitó que de la forma más urgente llegara a sus manos. Temía arrepentirse.

10

Los amigos

Secundino y Pedro se encontraban desde algún tiempo trabajando en zonas rurales lejanas por lo que Francisco y Alejandro, que habían quedado a cargo de la isla, se dedicaban a desmalezar, cuidar las plantaciones de árboles del ataque despiadado de las hormigas y abrir sendas en el monte que les permitirían ampliar la porción destinada a la forestación.

Alejandro continuaba sin la posibilidad de viajar. Nada sabía de Ana. Esperaba el regreso de los hombres para tener novedades de don José, y por medio de él, de la muchacha.

Apenas amanecía, Alejandro llegaba a la casa de Francisco, quien lo esperaba con unos mates calientes y un trozo de pan casero seco y algo duro. No se horneaba jamás nuevo pan hasta tanto no se terminaba el anterior.

Esa mañana, al llegar a la vivienda le extrañó ver la puerta cerrada, siempre estaba entreabierta a esa hora. El silencio también llamó su atención, era mayor que el de todos los días.

—¡Francisco, buen día! –dijo con tono de voz fuerte, enérgico, pues la caminata desde su casa había resultado vigorizante.

Desde adentro nadie contestó. Al abrir la puerta de la cocina esta crujió, observó hacia el interior y pudo reconocer que todo estaba como había quedado en la noche, antes de marcharse. El ambiente estaba frío al igual que la pava sobre la cocina. Dedujo, entonces, que su amigo no se había marchado más temprano al monte, pues nunca lo haría sin desayunar.

Golpeó en la habitación y no obtuvo respuesta. Extrañado, abrió la puerta lentamente y pudo ver a Francisco tendido en la cama. Estaba dormido y temblaba debido a un evidente estado febril. Hacía algunos días que lo observaba decaído, se cansaba fácilmente y su humor era más irritable de lo habitual.

Se acercó, la luz del exterior ingresó tras él iluminando una porción de la cama donde estaba tendido Francisco. Pudo ver su rostro pálido, respiraba lentamente. Intentó sin suerte reanimarlo, parecía estar inconsciente.

Pensó en algunas alternativas, como esperar unas horas por una posible mejoría, remar hasta el vecino más cercano en busca de ayuda o llevarlo directamente al pueblo. Existían varias enfermedades contagiosas acechando en la zona, pero también podría tratarse de la picadura de alguno de los muchos reptiles que a diario veían. En cualquiera de estos casos no era recomendable perder más tiempo.

Trató de mantener la calma, buscó algo de dinero que le había quedado y unas pocas prendas de vestir de ambos. Cerró ventanas y puertas, retiró las escasas brasas de la cocina y las echó al agua. Preparó rápidamente la canoa y colocó a Francisco en ella, sobre unas mantas.

No había pasado más de una hora cuando comenzó a remar río abajo. Al llegar al canal que comunicaba, luego de transitarlo varios kilómetros con otro río frente al cual se encontraba el puerto, buscó ayuda en algunas de las casas que fueron apareciendo en su recorrido. La solidaridad de personas totalmente desconocidas fue lo que le permitió llegar más rápido al puerto de la ciudad. Al amarrar allí, le brindaron ayuda algunos hombres. Colocaron al enfermo en un carro tirado por dos caballos y Alejandro se sentó junto al conductor. Recorrieron varios kilómetros de distancia por calles de tierra en mal estado hasta llegar al centro de salud del pueblo. Este se encontraba alejado de las últimas viviendas, lo rodeaban campos delimitados por alambrados. Desde allí era posible ver cómo descendía el terreno en un pronunciado barranco hasta llegar al río. Un edificio nuevo, grande, de paredes blancas y techo de tejas, se erguía orgulloso. Tenía al frente varias ventanas de madera y vidrios repartidos, protegidas con elegantes persianas. Una escalinata llegaba hasta la puerta principal.

Francisco debió ser ingresado a otro edificio, donde se encontraba el sector de internación. El carro paró en el patio interno, junto a un tanque de agua elevado unos cuantos metros sobre una torre de metal.

El día iba desapareciendo cuando finalmente Francisco comenzó a ser examinado por un médico. El viaje, el remar constantemente, la preocupación y la falta de comida agotaron a Alejandro, por lo que una vez que su amigo estuvo atendido y siguiendo las indicaciones del doctor se dirigió a la fonda del puerto para comer y descansar algunas horas.

Repentinamente se encontraba en el poblado, el viaje tan esperado ya se había realizado, sin planes, avisos ni preparativos.

En la mañana, luego de un baño y un muy necesario cambio de ropa trató de ubicar en el puerto, sin suerte, a los compañeros de trabajo de Pedro y Secundino.

Desde allí caminó hasta el centro del pueblo donde se encontraban los negocios más importantes, el banco, la iglesia y la municipalidad. Era necesario atravesarlo para llegar al hospital luego de un extenso recorrido. A unas cuadras de donde por primera vez vio a Ana, el destino volvía a ponerla en su camino. Ella lo había reconocido y se acercaba sonriendo. Él caminaba lentamente hacia ella, disfrutando esos instantes.

—¡Alejandro, cuánto tiempo sin verlo!

—¡Buen día, Ana!, ¿cómo está usted? –la saludó cordialmente retirando de su cabeza la boina.

—Un poco triste, porque hace mucho que no tengo noticias suyas. ¿Cómo está? ¿Y su isla?

—Recién vuelvo al pueblo, después de algunos meses he terminado mi casa. Ya le contaré –mientras recorría con su mirada el rostro de Ana y su cabello.

El diálogo cordial fue interrumpido por una voz masculina que la llamaba desde la acera de enfrente. Alejandro permaneció con la mirada en ella, ignorando al intruso.

—Pase a visitarnos antes de volver a la isla –le dijo Ana.

—Francisco, uno de mis amigos, está internado –le dio a entender, de este modo, que no podría cumplir con la visita.

—Con más razón, hoy lo esperamos a almorzar. Una comida con amigos lo va a fortalecer y además nos cuenta lo que ha estado haciendo estos meses –le insistió extendiendo la mano para despedirse.

Era imposible olvidar esta invitación con la que había soñado largamente.

Se quedó mirándola mientras cruzaba la calle, la observó acercarse a un hombre a quien tomó del brazo y este le retribuyó el gesto con un beso en la mejilla. El muchacho lo miró a Alejandro y tomando el ala de su sombrero e inclinando la cabeza, lo saludó. Ana y su acompañante se fueron conversando alegremente en dirección contraria.

Alejandro se quedó parado mirándolos, muchas dudas lo invadieron sobre la identidad e intenciones de aquel hombre. Trató de convencerse de que se trataba de un primo o un familiar lejano que se encontraba de visita. Pero el afecto que le había demostrado lo hacía dudar.

Necesitaba hablar con ella sobre la carta, pero el lugar y el momento no se lo habían permitido. En medio de la calle y con la presencia de aquel hombre no podía más que saludarla cordialmente.

Trató de no juzgar la situación y ocuparse de sus asuntos. La fiebre de Francisco continuó por varios días y cuando finalmente desapareció fue preciso esperar que el paciente lograra fortalecerse para regresar.

A pesar de que Alejandro hizo todo lo posible por cumplir con la invitación de Ana de aquel día, no lo logró, la gravedad de Francisco y la ausencia de su hermano Secundino demandaban su presencia.

Una tarde cuando Alejandro caminaba por uno de los luminosos y largos pasillos del hospital se encontró con Ana y su madre, si bien él pensó que se trataba de una casualidad ellas se ocuparon en aclararle que venían a saludarlo.

—Como usted no fue a nuestra casa luego de la invitación de Ana, consideramos que su amigo no se encontraba bien –dijo la señora Aguirre.

Alejandro les explicó la situación de Francisco y sentados a corta distancia, en incómodos bancos de madera ubicados en el pasillo próximo a la sala de internación, conversaron largamente mientras saboreaba un trozo de la torta de manzanas que le habían cocinado sus amigas.

Francisco padecía una enfermedad infecciosa que afectaba sus intestinos y ninguno de ellos imaginaba que esta afección no sería la única vez que lo tendría entre la vida y la muerte. Este había sido el principio de un largo sufrimiento que con el paso de los años lo sumiría más aún en el ostracismo, agudizando su mal humor y aumentando la intolerancia. Sus escapes ante los malestares que se transformarían en crónicos serían tomar el machete y salir hacia el monte. Nadie sabría jamás que en muchas de esas huidas lo único que hacía era sentarse o recostarse sobre algún árbol caído y en absoluta soledad conseguir algo de paz. Cuando finalmente los dolores comenzaban a disminuir volvía a la casa más agotado que si hubiese estado trabajando.

Por aquellos días los encuentros con Ana y su familia se hicieron asiduos y fueron un importante soporte para Alejandro, aunque no solo para él, sino también para sus amigos.

Alejandro tenía largas conversaciones con el padre de Ana, Juan Aguirre, un comerciante de ramos generales, que había nacido en estas tierras y heredado del padre el negocio que administraba desde su muerte.

Aquel almacén estaba a pocas cuadras de la casa familiar, era parte de la vivienda paterna, una habitación amplia de la casona de los Aguirre, con techos de chapa, puertas altas de vidrio y madera, siempre abiertas esperando a los clientes. En ese lugar era posible encontrar los elementos más útiles y exóticos a la vez, en prolijas estanterías. El vino en toneles, frutos secos, herramientas, vestimenta para el campo, hasta calzado. Incluso era el lugar de encuentro para tomar un trago y jugar alguna partida de truco. En cualquier momento del día era probable ver apeado algún caballo o detenida allí una carreta esperando su carga. Se había convertido en el sitio en el que las novedades y chismes del pueblo eran divulgados.

Alejandro y Ana cruzaban miradas e intercambiaban sonrisas durante las conversaciones acaloradas de su padre sobre el estado de las calles o el precio de los alimentos.

A las visitas a la familia Aguirre se sumó Secundino. Con su personalidad y carácter sociable se transformó en el centro de las diálogos. El señor Aguirre y él congeniaron desde el primer momento. Hablaban sobre cualquier tema con tono de voz elevado haciendo partícipes a todos, aunque no lo desearan.

Los escasos momentos a solas con Ana fueron breves. En una oportunidad Alejandro llegó a preguntarle:

—¿Ha visto a su tío?

—Sí, lo he visto –contestó ella.

Cuando se disponía a preguntarle por la carta que le habría entregado don José, fueron interrumpidos por la madre de la joven, quien le solicitaba ayuda en la cocina.

—Enseguida regreso, Alejandro, y continuamos con la charla –dijo dirigiéndose apresurada tras su madre.

La conversación nunca fue retomada. Alejandro se conformó con esa corta respuesta y la consideró suficiente. Los gestos, las sonrisas y miradas de Ana la complementaron.

11

Primera inundación

Esa temporada las aguas de ríos y arroyos crecían al ritmo de las lluvias. El viento del sudeste, fuerte y constante, impedía que ellas desagotaran en los cursos inferiores. En su despiadada invasión habían cubierto playas, zonas costeras y solo faltaban algunos metros para llegar a la casa.

Era época de lluvias copiosas, no propicias para que la situación cambiara.

Al principio se controlaba la altura de la crecida mediante el uso de una vara de madera clavada cerca de la costa. Ella sobresalía un metro del nivel de agua habitual. Estaba colocada en la orilla del arroyo, muy cerca del muelle. En él se realizaban marcas durante la mañana y la tarde para evaluar la situación. Luego, a medida que fue avanzando la creciente, los árboles fueron los indicadores más exactos.

La irrupción del río llegó de la mano del otoño. De manera calma, poco a poco, casi imperceptible, cubría nuevas zonas. La isla parecía haber quedado desolada, sus habitantes fueron desapareciendo, algunos se marcharon a la ciudad y unos pocos quedaron aislados en sus casas dando batalla al clima, tratando de evitar que los despojara de sus únicas pertenencias.

En aquella soledad solo se escuchaba el viento quejándose entre los árboles y el caer constante de las gotas pesadas de la lluvia uniéndose al río.

Cuándo cambiaría la situación dependía de las condiciones climáticas, de los caprichos de la naturaleza, demostrando a los soberbios hombres que nada estaba bajo su control.

Contaban con suficiente alimento, pero era imperioso su fraccionamiento al igual que el abastecimiento de la leña seca, que debía ser estrictamente dosificada.

Alejandro debió abandonar su casa y permanecer con los vascos, no contaba con alimentos ni comodidades para estar aislado un largo tiempo.

Generalmente cubrían sus pies con tela arpillera hasta las rodillas a modo de vendaje para mantenerse más calientes, pero con la humedad excesiva del ambiente, aun debajo de las frazadas se sentían agarrotados. Solían desayunar con un sorbo de alguna bebida alcohólica que les permitía entrar en calor. A partir de aquella época esto se transformaría en habitual, durante los crueles inviernos.

Rodearon la casa con montículos de tierra como prevención ante el avance del agua. Todos los días debían reforzar la muralla, de no más de cincuenta centímetros, a fuerza de picos y palas.

El arroyo ya había desbordado y no era posible ni adivinar dónde se encontraba la ribera y menos aún el muelle.

La canoa estaba amarrada muy cerca de la vivienda. Dentro de ella, tapados con lonas desgastadas habían colocado prolijamente unos cuantos trozos de leña, otro tanto se encontraba dentro, en un rincón cercano a la cocina.

Con barro cubrieron algunos agujeros de las paredes y sellaron con astillas de madera las rendijas de la puerta como prevención ante la posibilidad de que buscara el calor del interior alguna alimaña desesperada por alimento.

Durante el día se dedicaban a recorrer los alrededores, buscaban un poco de leña que cortaban y ponían debajo de la cocina encendida, sobre el suelo, para que el calor acelerara el secado. Además, de mantener en estado la pequeña barricada alrededor de la vivienda cazaban algún animal. Los peces que buscaron la profundidad para alejarse de la tempestad fueron reemplazados por nutrias, cuises, jabalíes o algún ciervo de los pantanos.

No fue sencillo encontrar animales por aquellos lares. Debían caminar hacia el interior de la isla, a tierras altas, atravesando el monte de eucaliptus y saliendo de su propiedad.

Con sigilo, inteligencia y algo de suerte era posible lograr, a veces, alguna pieza de jabalí o ciervo.

En una de aquellas incursiones tierra adentro, buscaron por horas alguna presa. Cansados se detuvieron, apoyándose sobre un árbol caído, cubierto de líquenes. Estaban empapados de pies a cabeza. Ya no recordaban lo que se sentía estar secos o tener una muda de ropa limpia. Francisco ordenaba volver de inmediato a la casa y Secundino, exhausto, deseaba descansar antes de regresar.

Este era el mayor de los hermanos, robusto, con vientre prominente, se desplazaba en forma lenta, no era ágil sorteando obstáculos en el monte. Sí era excepcional nadando o remando, y en el manejo del hacha y la guadaña nadie le ganaba. Un trabajador incansable y perseverante. Obstinado, aunque Francisco lo superaba en este aspecto. Cuando los recuerdos lo invadían y se emocionaba culpaba del lagrimeo al humo del cigarro.

Aquel atardecer, sentados allí, descubrieron azarosamente a sus pies, entre el lodo, un objeto semienterrado. La lluvia había hecho su trabajo dejándolo al descubierto. Al intentar retirarlo del fango pegajoso, se quebró en varias partes, pero de todas maneras era posible ver que se trataba de una especie de vasija de barro cocido. Este hallazgo les permitió ver el lugar desde otra perspectiva y entonces observaron una serie de piedras que estaban agrupadas intencionalmente, indicando la presencia humana en tiempos remotos o no tan lejanos.

Nunca vieron a otro ser humano desde que se instalaron allí, por lo que conjeturaron que se trataba de algo antiguo. Cuando estaban prácticamente seguros de esta idea, escucharon moverse unas ramas entre el follaje, detrás de esas piedras. No se mostraron asustados, aunque lo estaban, tenían la sensación de estar siendo vigilados.

Se pusieron de pie como si de repente al tronco le crecieran espinas y saludaron mirando hacia los pastos desde donde escucharon el sonido. Nadie respondió. Se sintieron tontos al estar saludando a algún animal o a la nada misma. Sonrieron e iniciaron el regreso.

En el camino los sorprendió el anochecer. Francisco iba adelante quejándose y apurándolos.

—¡Vamos, vamos! ¡Apuren el paso! Cuando caiga la noche no sabremos ni en dónde estamos parados.

Llevaba paso ligero, si resbalaba, enseguida recobraba el equilibrio y continuaba como si nada sucediera. Deseaba llegar para encender el fuego que a esa hora ya debía estar apagado. El frío húmedo le calaba los huesos.

Secundino y Alejandro caminaban con calma, mirando dónde pisaban, conversando sobre lo que habían encontrado. Los intrigaba y querían saber más sobre ese lugar.

Recordaron algunas historias sobre sonidos o luces misteriosas en lugares alejados, "la luz mala" la llamaban los paisanos en el campo. En aquel momento les causó gracia la ignorancia de esos hombres, aunque esa apreciación cambió cuando aquel día sintieron que no estaban solos.

La penumbra avanzaba junto a una niebla poco densa. Los árboles se desvanecían. Comenzaron a tropezar y chocar con las ramas. El ritmo se lentificó más aún.

Francisco llegó a la casa y encendió el fuego. Prendió el candil, se quitó la ropa mojada y la puso junto a la cocina encendida. No estaba en sus planes salir por los otros. Acercó el candil a la ventana trasera para que al aproximarse pudieran ser guiados por la tenue luz. Pasaron varios minutos, la noche había iniciado, cuando llegaron los dos.

En los días venideros, luego de comer solían conversar sobre los primeros pobladores de estas tierras. No sabían mucho sobre ellos y menos aún si habían habitado cerca de allí. Este pasó a ser el único tema de conversación.

La convivencia luego de varios días de iniciado el pico más alto de la crecida se había complicado. Las ocupaciones no eran muchas y con las lluvias incesantes debían estar dentro de la casa la mayor parte del tiempo. Francisco era el más irritable, criticaba todo, su malhumor iba en aumento.

Cuando las lluvias disminuyeron y cesaron durante períodos relativamente extensos, Alejandro y Secundino aprovecharon la ocasión y salieron, por la mañana, con la excusa de traer más leña. La intención real era averiguar de qué se trataba el llamado por ellos "sitio de la vasija".

No fue en el primer intento que encontraron el camino hacia el lugar, pues en pocos días el paisaje era otro diferente por el accionar de las lluvias y el viento. Reconocieron un árbol alto y frondoso similar al que encontraron caído y sobre el que descansaron. No era frecuente ver ese tipo de arboleda. Caminaron hacia él y finalmente en aquella dirección llegaron.

Inspeccionaron los alrededores en busca de vecinos que habitaran el lugar. Nada encontraron, lo único que denotaba la presencia de humanos eran las piedras ordenadas y la vasija. El sitio contaba con mayor altura, era un montículo de tierra, tal vez realizado por la mano del hombre. Lo llamativo para ellos fue la delimitación abrupta de la elevación, que constituía un círculo exacto. Removieron un extremo de aquella pequeña colina utilizando el mismo machete con el que abrieron camino hasta allí. Buscaban vasijas de mayor tamaño que podrían utilizar para guardar alimentos o agua. No encontraron guijarros, sino algunos huesos pequeños. No se parecían a huesos de animales de la zona.

Por un momento detuvieron la búsqueda, iban a abandonarla cuando pensaron que una vez que la zona secara iba a ser menos probable que pudieran cavar con tanta facilidad. Al poco tiempo de insistir encontraron lo que parecían los huesos de una mano pequeña, se veían claramente cuatro de los dedos. Quedaron paralizados. Se sintieron intrusos, husmeando en un lugar donde estaban enterrados restos humanos.

Entendieron que la única explicación probable era que se trataba de un cementerio indígena, por lo que colocaron lo encontrado en su lugar y lo cubrieron con lodo. Se marcharon inmediatamente y desde aquel día no volverían como acción de respeto hacia quienes vivieron y descansaban allí. El sitio de la vasija ahora era "el cementerio".

Francisco no supo de aquella experiencia hasta pasados varios meses, cuando su carácter se tornó más amigable junto al cambio de las condiciones de la isla al alejarse la crecida y sus consecuencias.

Finalmente amaneció soleado. A pesar de que las aguas no habían retrocedido ni medio metro pintaban otros ánimos entre los amigos.

Durante estos días no habían tenido noticias de Pedro, quien se había construido una precaria casita al otro lado del arroyo, pero próxima al gran río. Una zona con mayor posibilidad de inundarse que la de los vascos.

Así fue como apenas el sol comenzó a entibiar Secundino y Alejandro fueron a ofrecerle su ayuda.

No era común que se llegaran hasta allí sin previo aviso porque Pedro se había distanciado de ellos luego de la distribución de las tierras. Además, hacía poco tiempo había contraído matrimonio con una joven pueblerina. Atrás habían quedado los planes de casamiento con su novia de España, quien había dejado de escribirle al poco tiempo de partir. A la muchacha le faltó coraje para contarle que ya se había casado con un hombre mayor, viudo él.

Remaron por el arroyo hasta el gran río, los árboles parecían más bajos debido a que el agua los cubría varios metros desde el nivel del suelo. El paisaje había mutado, las hermosas playas de arena color ocre habían desaparecido, algunos árboles mostraban su desnudez por el avance del otoño. Otros soltaban aún sus hojas amarillo pálido al ritmo del viento, esparciéndolas sobre el agua como si siguieran el compás de una melodía.

El río orgulloso lucía su imponencia, más ancho, con fuerte correntada y algo de oleaje. La dirección de las aguas y la velocidad del viento a favor les dio a los dos hombres claros indicios de que la crecida comenzaba a descender.

Debieron remar unos cien metros aguas arriba, contra la corriente. Cuando llegaron frente a la propiedad de Pedro continuaron remando hasta muy cerca de la choza.

La crecida había sido despiadada con la vivienda, el agua la había penetrado. La puerta estaba rota y parte del techo colapsado. La calma que flotaba allí y la destrucción del lugar indicaban que los moradores se habían marchado hacía varios días. Una acertada decisión la de Pedro, preocupado por la seguridad de su esposa.

Alejandro durante aquellos días había estado disgustado y recriminándole a Dios todo lo que estaba viviendo. Ahora, aunque continuaba con estos sentimientos, pudo reconocer que no le había tocado la peor parte, más aún, cuando de regreso se llegaron hasta su casa. Era increíble, los pilotes no habían sido alcanzados por el agua. Subieron por la escalera y revisaron el lugar. Había un fuerte olor a humedad, pero se encontraba todo bien, salvo por algunas tablas del piso que estaban mojadas por las filtraciones del techo.

Cuando las aguas bajaron y volvieron a su cauce descubrieron que lo más terrible de las inundaciones no era la crecida, no era el avance del agua, sino lo que quedaba en su retirada.

El lodazal daba el aspecto de una gran ciénaga, al pisar se hundía y nunca se sabía dónde estaba la tierra firme. Muchas veces terminaban embarrados hasta la cintura. El olor a podredumbre era repugnante, animales ahogados y peces muertos se encontraban a cada paso.

La bajante también trajo consigo botellas, trozos de madera, camalotes, ramas e incluso viejos árboles que habían cedido ante la fuerza de las aguas. Muchos de estos elementos fueron aprovechados en las tareas de reparación de la casa, la canoa y el muelle.

Uno de sus vecinos cercano al canal, cinco kilómetros aguas abajo, mandó a la lancha almacenera. Los conocía y no los había visto pasar desde los inicios de la crecida. La solidaridad entre vecinos fue generando fuertes amistades con el paso del tiempo.

Una mañana escucharon un pitido agudo que provenía del gran río. Al principio no le dieron importancia, pero la insistencia les generó curiosidad. Aquel alboroto era la manera de anunciarse de don Vicente. Hombre de abdomen prominente, calvo, con anteojos pequeños y sucios, siempre vestía un saco marrón de lana tejido a mano con botones grandes de color negro. Cuando se acercaba al muelle hacía sonidos golpeando suavemente sus labios con la palma de la mano mientras pronunciaba la letra A. Nunca se marchaba hasta cerciorarse de si en el lugar necesitaban o no provisiones. Le decían el turco, aunque era oriundo de Siria.

La lancha almacenera era similar a la de pasajeros, tenía varias ventanas a los lados y la puerta de ingreso se encontraba en la popa. Dos o tres escalones bajaban al habitáculo. El turco no dejaba ingresar a sus clientes al interior del almacén, era desconfiado tratándose de sus posesiones. Acercaba la lancha al muelle y atendía por una de las ventanas laterales.

—Compre, don Alejandro, compre, lo va a necesitar, compre –insistía el turco, que fiel a su fama nunca se alejaba sin concretar una venta.

Era perseverante, una característica de buen mercante, con respeto y entusiasmo ofrecía un amplio surtido de alimentos, herramientas, vestimenta y calzado. Para un isleño asomarse al almacén de don Vicente era como acceder a un codiciado tesoro. Los ojos no alcanzaban a ver todo en un solo paneo. Colgaban escobas, palas, ropa, había vino, grasa, frascos con aceitunas en agua salada, bolsas de harina, azúcar y huevos que obtenía por trueque de un isleño que vivía en el canal.

En aquella primera visita a sus tierras le compraron solo lo indispensable: harina, grasa, azúcar y cuatro pares de botas de goma. Desde ese día don Vicente amplió su recorrido incluyéndolos; sus visitas eran cada veinte o treinta días.

La crecida había dejado demasiado barro, muelles rotos, ilusiones veladas y sacrificios anulados. Pero también muchas enseñanzas que les permitieron conocer y comprender a la naturaleza, aprendieron a respetarla, a valorar lo que se tiene, a sentir la solidaridad de personas prácticamente desconocidas, pero sobre todo a sobreponerse y volver a luchar con valentía para alcanzar sus sueños.

12

Decepción

En la casa de los Aguirre transcurría el día como otros tantos. Doña Rosa, la madre de Ana, estaba preparando el almuerzo. Era una mujer dinámica, trabajadora, siempre hacía alarde de la pulcritud de su hogar. Le agradaba comenzar temprano, cuando todavía el silencio flotaba sobre la ciudad.

Aquella mañana, cuando todavía no amanecía, salió de la cama para desayunar junto a su marido, antes que este partiera para el almacén.

Se dispuso a preparar unos pasteles de membrillo, los favoritos de amigos y vecinos. La masa de hojaldre requería de destreza, dedicación y, sobre todo, tiempo. Recién llegado el mediodía pudo terminarlos, para freírlos durante la tarde.

Una muchacha era su colaboradora en las tareas generales del hogar. Esta había barrido las habitaciones, sacudido en el patio del fondo las alfombras del comedor y restregado a mano, usando una tabla, algunas ropas.

Sobre la cocina hervía el agua para los fideos cuando sonó el llamador de la puerta de calle.

—¡Clarita, Clarita, por favor fíjate quién es! Tal vez es el lechero que ayer no pasó –gritó doña Rosa desde la cocina.

—¡Que deje dos botellas y un trozo de manteca! –le pidió.

La casa tenía un patio central, rectangular, con varias plantas florales y algunos frutales. Los canteros lucían palmeras frondosas de baja estatura y algunas flores de pálidos colores. Un largo pasillo, de baldosas bordó con umbrales de mármol blanco, llegaba hasta la puerta de calle. Por allí, en ese momento, se desplazaba lentamente Clara, meneando sus prominentes caderas. Estaba acostumbrada a la ansiedad de la patrona y había aprendido a tomarse su tiempo y no correr ante sus requerimientos.

Unos minutos después apareció en la cocina:

—Doña Rosa, es ese muchacho amigo de Ana, la está esperando en el comedor.

La madre de Ana se arregló el cabello y sacudió la harina del delantal, antes de salir de la cocina.

Con paso corto y apresurado, arrastrando unas sandalias entró en la dependencia.

—¡Bienvenido, Alejandro! Qué gusto verlo. Ha llegado justo para probar mis famosos pasteles de membrillo. Se queda a almorzar, ¿verdad?

Hacía varios meses que no tenían novedades del muchacho.

Enseguida mandó a Clarita a buscar a su esposo, que, por el horario, seguramente, estaba cerrando el almacén.

Los tres almorzaron en una pequeña mesa del comedor. La comida consistió en un plato de fideos amasados por la dueña de casa.

Los domingos solían comer tallarines que amasaba doña Rosa. Los que sobraban los secaba al sol, para prepararlos cualquier día de la semana. En esta oportunidad estaban acompañados por salsa de tomates de la huerta, condimentada suavemente con orégano fresco y entre el rojo líquido se veían deliciosos trozos de pollo acompañados por algunas papas y zanahorias.

Con la comida bebieron el mejor vino tinto que tenían a la venta en el almacén.

Era un matrimonio al que le agradaba socializar e intercambiar opiniones. Se apasionaban conversando sobre la política local y tenían posiciones bien definidas al respecto.

Aquel día sin darse cuenta, luego de terminar el almuerzo, Alejandro hizo un comentario que enfureció a don Aguirre.

—Qué sabe usted, Alejandro, de las necesidades de los habitantes de estas tierras. Viene de muy lejos y no creo que tenga idea de lo que se vive aquí, de nuestra historia y nuestros sufrimientos.

—Comprendo que penséis así de un pobre extranjero. Pero, con todo respeto, creo que vosotros sois los que no valoráis lo que tienen, la importancia de vivir en paz junto a los suyos. No creo que imaginéis lo que he pasado, lo que he perdido por la decisión de unos pocos hombres insensibles que se han cagado en mí y en mi familia. Pues, ¿sabéis acaso lo que es ser forzado a elegir entre la familia, los amigos y un buque con destino incierto? –prosiguió Alejandro con el rostro encendido.

Se hizo un silencio breve. Don Aguirre y su esposa lo habían escuchado atentamente, tenían los ojos fijos en él.

Alejandro no se reconoció hablando de esta forma, no eran sus modales.

—Perdón, no es mi intención discutir con vosotros que tan bien siempre me han tratado.

—Prosiga, Alejandro, cuéntenos, no se avergüence. Está entre amigos.

—Ha sido muy duro y aún lo sigue siendo. Un día de buenas a primeras me subieron a un barco y partí, lo más lejos posible, para no ir a la guerra. Yo no tenía problemas en cumplir con mi deber y defender a mi país. Pero mi madre y hermanas insistieron tanto, sufrían, rogaban que me fuera y salvara como otros compatriotas que ya lo habían hecho antes.

—Finalmente tuve que hacerlo, salí de allí antes de cumplir la mayoría de edad.

Corrieron algunas lágrimas por sus mejillas que secó rápidamente con el antebrazo.

Doña Rosa sintió pena, nunca había considerado a Alejandro como a un hombre vulnerable, aunque sí entristecido. No se había preguntado por qué era así, solo le pareció un hombre rudo y reservado. Ahora lo comprendía, y podía reconocer la gran coraza que había construido para protegerse.

Entonces don Aguirre tomó del hombro a Alejandro e intentó desviar la conversación:

—Perdóneme, usted tiene razón, yo no tengo idea de lo que ha vivido y muchas veces olvido que mis abuelos pasaron por circunstancias similares a las suyas. Vamos al patio por un poco de aire fresco –añadió don Aguirre.

Se sentaron a fumar un cigarro, y continuaron la conversación. Compartieron vivencias e ideas, aunque con menos efusividad.

Rosa y Clarita lavaron los platos. Ordenaron el comedor, luego pusieron a hervir sobre la impecable cocina a leña, dentro de una olla de hierro, la grasa.

Era notable la ausencia de Ana. Alejandro esperaba verla aquel día. No preguntó por ella, pero tampoco hizo falta, ya que sus padres durante el almuerzo comentaron sobre el viaje de la muchacha junto al prometido y sus padres a un pequeño pueblo no muy lejano, en el que vivían algunos familiares. Estaría ausente por dos semanas.

Fue una noticia sumamente desconcertante. Nadie había comentado siquiera de este compromiso. Dedujo que se trataba de algo reciente.

Se preguntaba por qué Ana había tomado esta decisión, todo era confuso.

Seguramente el impacto de la novedad era lo que aquel día lo había llevado a emocionarse y recordar su pasado, incluso a exasperarse ante los comentarios del señor Aguirre.

Descansó en una mecedora en un sector de la galería iluminado por algunos rayos de sol.

Imaginó a Ana en aquel patio riendo, corriendo de niña, y mientras se dormitaba la soñó sentada junto a él mirando las estrellas en una noche de calor, poco a poco se fueron abrazando para terminar besándola apasionadamente. Repentinamente ese hombre que la besaba no era él, sino otro, aquel que vio del otro lado de la calle varios meses atrás. El impacto lo despertó y se levantó repentinamente de la silla como tratando de sacudir y expulsar lejos esos pensamientos. Clarita, que volvía de la calle, disimuló el susto que le produjo ese sobresalto.

Alejandro entró en la cocina cuando la dueña de casa estaba bañando los últimos pasteles en almíbar.

—¿Preparo unos mates? –preguntó Alejandro.

El aroma de los pasteles fritos llegó a cada rincón e incluso llevó a don Aguirre a finalizar su siesta antes de lo acostumbrado y se unió a ellos en la cocina.

Los pasteles eran pequeños. El hojaldre suave al paladar y algo crocante. Estaban rociados con delicado almíbar. Se deshacían en la boca mezclándose sutilmente el membrillo con los trozos crocantes del hojaldre y el suave sabor a grasa.

A pesar de la insistencia del matrimonio de quedarse a cenar, Alejandro se marchó al atardecer.

Acordó con don Aguirre pasar por el almacén antes de salir para la isla y comprarle provisiones para algunos meses. Ahora, tenía pocos motivos para volver al pueblo.

* * *

En los siguientes días se negó a pensar en Ana. La decepción se transformó en ira. Apareció el resentimiento. Intentó olvidarla, pero sin darse cuenta se sorprendía pensándola.

Imaginaba que su condición económica y el ser extranjero no eran algo atractivo ni deseable para una joven con aspiraciones.

No entendía por qué siempre había sido tan amable y cariñosa con él, por qué había alentado sus ilusiones.

Pudo después de algún tiempo organizar sus pensamientos y comprender que lo mejor para una muchacha como ella era un hombre que le pudiera dar otra vida, sin carencias, una buena casa, una vida social que él nunca le podría ofrecer. Estaba decidido a dejarla ir. Su corazón se encontraba herido y debía protegerlo.

Finalmente logró elaborar una conclusión, Ana nunca correspondió sus sentimientos y no se atrevió a rechazarlo por lástima o educación.

13

El pasado regresa

Había abandonado España para evitar enlistarse en la milicia durante tres largos e impredecibles años. Con el conflicto en Marruecos y la posibilidad, en puerta, de una guerra en Europa, nadie sabía cuál sería su destino. Existían altas probabilidades de formar parte de una guerra tan despiadada como ajenas sus causas.

La familia de Alejandro, como otras, debió padecer todo tipo de consecuencias. El forzar a uno de sus integrantes a buscar otras opciones de vida no era lo conveniente por aquellas épocas. Esta decisión les redujo las posibilidades de acceder a una vida medianamente digna porque los hombres eran los que trabajaban en la siembra en las afueras del pueblo o ejecutando labores portuarias. No fueron sencillos los años siguientes para los que quedaron allí. Aunque esa pequeña villa medieval, con derruidas murallas de piedras rodeándola, conocía de desgracias. En el pasado habían padecido incendios y pestes que diezmaron a sus habitantes, pero estas vicisitudes les enseñaron a sobreponerse y mirar el futuro con valentía. Esos eran los valores entre los que Alejandro había crecido.

La villa, ahora venida a menos, disfrutó de tiempos gloriosos, cuando su puerto era el más importante en kilómetros y la flota la de mayor poderío del norte. De allí partió Juana "la Loca" a casarse con Felipe "el Hermoso", un acontecimiento inolvidable para los pueblerinos, ya que la propia reina Isabel, su madre, la acompañaba cuando zarparon. El emperador germánico Carlos V desembarcó en ese mismo puerto, camino al monasterio de Yuste luego de su abdicación al trono. Pernoctó allí unos días para después partir rumbo a sus últimos años de vida en un absoluto confinamiento.

Las carencias y preocupaciones por aquellos años en que Alejandro se marchó fueron en aumento. La gran guerra finalmente se desató y sumergió a Europa en una etapa desdichada; el hambre y la muerte fueron su símbolo más despiadado.

Si bien España se mantuvo neutral las consecuencias de esa decisión fueron terribles y en el poblado donde Alejandro nació el trabajo comenzó a escasear, el campo ya no era redituable y las empresas pesqueras pujantes estaban en quiebra. Los hombres jóvenes eran prácticamente niños, ya que los demás habían partido en busca de mejores oportunidades para luego llevar consigo a sus familias.

Tras las puertas cerradas de las casas humildes de aquel lugar, se reunían padres e hijos a cenar sentados alrededor de la mesa desolada, con tan solo trozos de pan o un plato de sopa. No se miraban a los ojos, solo se escuchaba algún cubierto golpeando suavemente un plato.

Se trataba de un sitio tranquilo, tan sereno que desde la casa se escuchaba el sonido áspero y contundente que emitían las gaviotas sobrevolando el puerto en busca de alimento.

El viento marino era otro visitante asiduo al poblado, recorría el lugar, a veces sosegado y otros con furia como rebote de tormentas mar adentro.

Sobre uno de los cerros se elevaba la iglesia de claro estilo gótico con importante campanario, recordando la pujanza de otros tiempos. Su construcción se había iniciado a fines de la Edad Media. Ese era el refugio de doña Cesárea, la madre de Alejandro. Ingresaba con paso lento, cubriendo con una mantilla oscura su cabeza, todos los miércoles a la misma hora. Se persignaba y tomaba asiento en su lugar preferido, en el primer banco, en el extremo izquierdo. Rezaba por su familia durante una hora, de esta forma sentía que hacía algo importante por ellos. En ocasiones la acompañaba una de sus hijas.

Ese mismo lugar que había sido testigo de su casamiento y de los bautismos de sus cinco niños ahora era el lugar que alojaba su angustia y desasosiego.

En el silencio de la noche cuando se escuchaba crujir el tejado por el paso del viento que chocaba con él luego de recorrer cientos de kilómetros de mar, todos simulaban descansar. El sueño no era una posesión obtenida con facilidad, por el contrario, lograr dormir era poco probable, prácticamente una bendición. Las incertidumbres sobre el futuro invadían los pensamientos de muchos, los comentarios sobre la guerra y la proximidad de estos acontecimientos inquietaban hasta el más despreocupado.

Los padres de Alejandro conversaban durante las mañanas en la cocina, susurrando, sobre la suerte de su hijo. Les agradaba y consolaba pensar que él, a pesar de todo, estaba mejor lejos de allí.

La Gran Guerra trajo consigo muerte, miseria, enfermedades y tristeza en gran parte de Europa. Muchas familias buscaron desesperadamente salir de allí y siguieron los pasos que Alejandro y miles de otras personas habían dado anteriormente.

Demasiados kilómetros separaban aquella hermosa villa de las tierras donde Alejandro había comenzado su nueva vida. En un principio este sector de islas era el más despoblado del Delta, estaba alejado y requería de mucho trabajo para convertirlas en productivas.

Con la llegada de más inmigrantes esta situación fue cambiando. Familias enteras compuestas de hasta tres generaciones llegaron a esos lugares, ávidos por trabajar y forjarse una vida mejor.

Las islas alejadas e inhóspitas comenzaron a ser atractivas para ver crecer a sus hijos en paz.

Cada año se sumaban más habitantes y los vecinos ya no estaban separados por grandes distancias como al principio.

Era común ver pasar alguna lancha o canoa cuyo conductor desde lejos saludaba moviendo su brazo. Sus espineles, a veces, se mezclaban con los de algún otro pescador.

Buques de ultramar recorrían el río frente a su isla. Buscaban acortar camino hacia otras ciudades, aguas arriba. En ellos flameaban banderas de diferentes partes del mundo.

Muchas veces se estremecía por el repentino pitar de la lancha de pasajeros que anunciaba a los pobladores su paso, al acercarse a un muelle.

Los vascos y Alejandro ya no debían remar cinco kilómetros hasta el canal para esperar el paso de algún lanchero solidario que los llevara. Solo colocaban un trozo de bolsa de arpillera en un improvisado mástil en el muelle, para que el conductor de la lancha de pasajeros amarrara. Recorría esas aguas todos los lunes y sábados, si las condiciones climáticas lo permitían.

Alejandro había trabajado duro durante muchos años para tener su isla forestada, el monte de eucaliptus se extendía imponente cientos de metros hacia dentro, alejándose de la costa.

Tenía jóvenes plantaciones de naranjos, mandarinos, ciruelos y manzanos. En un lugar apartado, resguardado de las heladas del invierno, había realizado un alterón de tierra en el que alineados crecían varios limoneros.

Su parcela ahora estaba recorrida por varios canales de riego, algunos de los cuales se habían transformado en arroyos por la erosión que el paso del agua había producido en el terreno.

Así, su casa, que estaba alejada del gran río, ahora tenía a pocos metros un arroyo que se internaba tierra adentro, hacia el final del monte de eucaliptus.

Los sábados por la tarde caminaba hasta las tierras de sus amigos y no regresaba hasta pasada la medianoche, cuando finalizaba la partida de truco.

Usando una lámpara de kerosene portátil caminaba por una angosta senda hasta un primer puente, pasaba frente al gallinero de los vascos y luego de cien metros, a travesando los maizales, cruzaba un segundo arroyo. Tras recorrer unos metros más desde el último puente recién entraba en su propiedad. El límite era un mojón, un trozo de hierro cilíndrico visible, clavado en el inicio de su propiedad.

Los años habían pasado y con ellos llegaron épocas de prosperidad. Alejandro ya no era un jovencito tímido, ahora era un hombre orgulloso de sus logros que se plantaba firme ante la vida, dispuesto a enfrentar el destino de frente, con coraje.

Luego que Ana se casó, Alejandro puso distancia con su familia, aunque la relación comercial con don Aguirre continuó hasta el día en que el hombre enfermó y su almacén comenzó a ser atendido por el yerno. El ver a ese hombre allí detrás del mostrador fue demasiado para Alejandro, por eso aquel día al ingresar no pudo reaccionar de otra manera, sin mediar palabra dio media vuelta y salió para no volver.

Si bien él tenía información de Ana por medio de su padre, a ella no la veía desde aquellos días en que Francisco enfermó. El mismo tiempo o tal vez más llevaba sin ver a don José. Así era mejor para él, resultaba doloroso recordar aquellas épocas en que se sintió parte de esa familia. Al pasar por el negocio de don Aguirre trataba de ingresar cuando veía que en el lugar había varias personas, ya que en esas ocasiones el hombre no tenía oportunidad de comentarle nada sobre su hija o su nieto. Alejandro terminó entrando en el almacén de ramos generales solamente cuando tenía dificultades económicas porque Aguirre le daba a pagar a plazo y siempre el valor de la mercadería era inferior que en cualquier otro sitio. Esto lo hacía para evitar que lo invitara insistentemente a su casa o le comentara detalles de la vida de Ana. Los años no lo ayudaron a comprender lo sucedido, al contrario, con el tiempo todo se hizo más confuso.

Don Aguirre falleció algunos meses después de dejar de atender el almacén, fue como si se hubiese quedado sin el estímulo que lo llevaba a levantarse todos los días, por lo menos eso decían sus clientes. Alejandro no supo nada de su muerte hasta el regreso al pueblo, un año después cuando se cruzó con don José. El hombre estaba notablemente envejecido. En sus canas, arrugas e incluso en la forma de andar pudo reconocer el largo tiempo sin verse. Lo invitó a tomar un vino en el bar más concurrido del centro del pueblo, cerca de donde se encontraron.

Los dos recordaron las épocas de siembras y cosechas en la estancia Los Patos. José ya no vivía en aquel lugar, se había mudado al pueblo a una sencilla vivienda cercana a la estación. Le contó de sus nietos y de su pasatiempo: tallar pequeñas piezas de madera para ellos. Alejandro deseaba aclararle y agradecerle aquel pedido que le había hecho hacía mucho tiempo, la entrega de la carta a su sobrina Ana.

—Don José, ¿usted recuerda que hace ya tiempo le pedí que le entregara una carta a su sobrina? Quisiera explicarle por qué me atreví a solicitárselo. No sé qué habrá pensado –prosiguió Alejandro.

—No, querido amigo, no lo recuerdo –aseguró inmediatamente.

—Secundino se la entregaría.

—¿Secundino? –preguntó el viejo.

—Sí, el vasco.

—No, no, que yo recuerde no me dio nada. ¿Para quién era la carta? –preguntó curioso José.

—No importa, ya pasó mucho tiempo, pensé que usted… –Alejandro no deseaba continuar. En ese mismo momento se arrepintió de haber tocado el tema.

—¿Para mi sobrina?, eso dijo, ¿no? –lo interrogó mirándolo fijamente con una sonrisa cómplice–. Ya me parecía que entre ustedes dos algo andaba pasando. ¡Qué lindo hubiese sido que fuera mi sobrino! –Sonrió y enseguida agregó–. Mire, Alejandro, si yo hubiese recibido esa carta lo recordaría, estoy viejo, pero mi memoria es como la de un muchacho. Nunca recibí nada de su amigo –le aseguró.

—Fue hace tanto que seguro lo olvidó. Aunque creo que en realidad Secundino le pidió a un capataz que se la entregara a usted.

—Un pedido como ese no lo hubiese olvidado, querido amigo, no, no, de ninguna manera.

Ambos hicieron un breve silencio. Alejandro miró hacia la calle a través del vidrio sucio de la ventana.

—¿Al capataz?–se quedó pensando José.

—Debe haber sido Álvarez, porque él mandaba la peonada por aquellos años–continuó.

Don José estaba realmente interesado en saber lo que había sucedido con aquella misiva que nunca había llegado a sus manos, por lo que continuó interrogándolo.

Alejandro no podía entender lo que había sucedido, esta noticia fue más impactante que el rechazo o el casamiento de Ana. Ella, tal vez, nunca había leído la carta con su declaración.

Cruelmente comprendió que, a veces, aunque la voluntad o los deseos vayan en una dirección existen otras fuerzas que finalmente lo permitirán o que desprevenidamente virarán la trayectoria.

Las experiencias vividas y acopiadas en su alma, el perder el amor por su inacción, timidez o excesivo respeto lo convirtió en un hombre anestesiado por el sufrimiento. Siempre estaba solo, salvo por la amistad con los vascos, que muchas veces también era afectada. A Secundino nunca lo perdonó, aunque tampoco llegó a manifestárselo abiertamente. Cuando alguna actitud o comentario lo disgustaba, directamente se alejaba por meses.

Los años de soledad fueron demasiados, no se le conoció otra mujer de manera oficial, aunque al ser un hombre sin compromisos se le endilgaban varios romances tanto con mujeres solteras como casadas. Seguramente sus rasgos físicos fusionados con el carácter reservado y lo brusco de sus modales resultaban atractivos.

Por aquellos años conoció a un astuto comerciante griego. Había llegado ilegalmente de polizonte en un barco mercantil desde Atenas, según él relataba, había estado cerca de ser arrojado al océano cuando fue descubierto. Nunca se supo cuánto de realidad había en este relato, pero al parecer sus exageradas súplicas de rodillas y los pedidos de protección a Dios lo habían salvado de la muerte. Era un hombre efusivo, amigable, trabajador y sumamente inteligente.

Se había casado en la Argentina con una mujer inglesa, hermosa, de poca estatura y mucho carácter. Con ella tuvo doce hijos.

Dentro de los aspectos más relevantes de El Griego se encontraba el de la belleza de sus varias hijas. Eran famosas en la zona por la piel tersa y blanca, pero sobre todo por las importantes caderas, abdomen plano y estrechas cinturas. La belleza tan singular y llamativa de todas ellas estaba acompañada, en la mayoría, por fuertes personalidades.

A pesar de que El Griego las custodiaba con recelo, todas sin excepción, se habían fugado con algún enamorado. En general habían logrado constituir familias con buenos hombres.

En otras épocas, cuando todos sus hijos ayudaban en el barco, las ganancias eran buenas, por eso había comprado en el pueblo una pequeña casa. Cuando sus hijas formaron familia y la esposa ya no lo acompañaba, cambió el barco a velas por una barcaza a motor no muy grande, vieja, pero capaz de continuar navegando.

Al trabajo en la isla lo complementaba con la venta ambulante en el centro del pueblo. Ofrecía hilos y agujas en elegantes envoltorios de papeles estampados. Era toda una personalidad en el centro del pueblo, conocido por sus aspaventosos agradecimientos o pedidos de perdón arrodillado frente a la puerta de la iglesia, vaya a saber por qué sórdido pecado. Se ubicaba en un sitio concurrido de la plaza y allí empleando un castellano confuso promocionaba su mercancía a viva voz.

El Griego era un hombre delgado, de buena estatura, caminaba apresurado y siempre llevaba calzada una gorra blanca de marinero. Su castellano no era claro y lo alternaba o complementaba con frases o insultos en su idioma materno.

En una oportunidad, cuando El Griego se presentó en las tierras de Alejandro para la compra de madera, iba acompañado por el mayor de sus hijos y una de las hijas.

A pesar de que la mujer había superado los treinta años, su belleza era aún llamativa. De figura esbelta llevaba el cabello suelto, ondulado y de color negro, que rozaba sus hombros realzando la piel blanca y tersa. Ella estaba sentada cerca de la popa, mirando sin ver, notablemente abstraída en sus pensamientos.

La saludó, pero la mujer no respondió, luego cuando descendieron y recorrieron algunos metros, y ante la insistencia de su padre, intervino en la conversación para agregar algo de humor.

Alejandro llevó a los visitantes hasta la parcela recientemente talada donde tenía acopiados más de cincuenta lineales y centenares de estacas de eucaliptus. Mientras los hombres inspeccionaban la madera Alejandro quedó en las proximidades acompañándola. Ninguno de los dos emitió palabra hasta que ella preguntó por una de las frutas que estaba en el suelo y era devorada por las gallinas. En realidad, le había llamado la atención el tamaño de algunas manzanas, pero no se atrevió a pedirle que le obsequiara una. Alejandro no solo le comentó sobre los tipos de manzana que había injertado, sino que le describió el sabor. Ella lo miraba tímidamente, y solo repetía:

—¡Qué ricas deben ser! ¡Qué ricas!, ¿no?

Antes de marcharse le obsequió algunas frutas que tenía en un canasto tejido por él, utilizando ramas delgadas de los sauces que abundaban en los alrededores.

Aunque el trato por la venta no se había concretado, la visita había sido agradable.

Al alejarse la barcaza pudo ver a Ángela sentada junto al canasto, tomando una de las frutas pero antes de llevársela a la boca alzó la mano y saludó.

Alejandro le retribuyó el saludo, caminó lento por el muelle acompañado por tres perros que lo seguían y entró en las sombras de la arboleda, el cielo se había teñido de anaranjado al desaparecer el sol en el horizonte.

14

Ángela

Ángela era aquella mujer que lo visitó junto a El Griego. Nunca un nombre había descripto tan profundamente a una persona como en este caso. Era tímida y ese retraimiento enaltecía su belleza. Las personas que la conocían comparaban su bondad con las del pan, un alimento noble que desde tiempos remotos salvó a miles de morir de hambre. Era incapaz de dañar a otro con miradas desagradables y, menos aún, con una palabra descortés. Se caracterizaba por ser bondadosa, amante de los animales y de admirable inocencia.

Hacía poco tiempo había regresado a vivir con los padres, quienes, preocupados por su vida, la rescataron de las garras de un matrimonio tortuoso.

Durante varios años padeció maltratos físicos, que incluso le habían producido la interrupción de uno de sus embarazos. A esta crueldad se añadían las miserias, el hambre y las constantes humillaciones, como desprecios, golpes y desvalorizaciones que no solo recibía ella, sino sus dos pequeños hijos.

El esposo de Ángela era marino, un hombre alto, esbelto, piel clara, pelo rubio y ojos marrones. Tan bello como demente. Era habitual que se ausentara largos períodos en los que ella disfrutaba de cierta tranquilidad. A su regreso, los golpes y gritos eran diarios, la ira del hombre surgía por los hechos o palabras más insignificantes y de manera impredecible.

Alejandro no quedó exento del magnetismo de la bella Ángela. Cualquier pretexto era bueno para acercarse a su padre ofreciéndole algún negocio o consultando obviedades.

Así fue como creció una amistad entre él, El Griego y su hijo.

Ana se había ido desvaneciendo con el paso de los años y su corazón estaba ahora preparado para un nuevo amor.

Extrañamente, cada vez que intentaba aproximarse a ella y tener una conversación a solas, algún familiar interrumpía, evitando cualquier contacto. Esta situación lo incomodaba, aunque a la vez producía en él mayor interés.

Luego de un tiempo terminó por comprender la actitud de la familia al conocer algunos detalles sobre la situación de la mujer.

Esta, siendo muy joven, formó pareja, pero la vida junto a su esposo no fue lo que esperaba una muchacha enamorada de tan solo diecisiete años.

A la violencia sufrida ahora se sumaba el alejamiento de sus hijos. En venganza por haberlo dejado, el marido había entregado a cada uno de ellos a distintas familias para que los criaran.

Tan solo con detenerse a observar la mirada de Ángela era suficiente para conocer la tristeza extrema que la afectaba.

Había sido sentenciada a perder a sus hijos por un cobarde, al que no le bastó someterla, sino que la castigaba por haberlo abandonado. El vacío que ellos dejaron en su alma no sería nunca más llenado, ni con el amor de nuevos hijos.

Alejandro siguió interesado en ella, aun cuando descubrió casualmente que esperaba otro hijo de su esposo.

Al transcurrir algunos meses, estuvo seguro de llevarla a vivir con él. No estaba dispuesto a repetir el pasado, por ser demasiado prudente dilatar la situación y terminar otra vez solo.

Así fue como convino reunirse con los padres de la mujer.

Conocía las rutinas de Ángela, sabía que ella todas las mañanas, luego de algunos mates, salía a las nueve y caminaba con paso lento unas pocas cuadras, al llegar a una casona blanca de puertas negras y techo de tejas, entraba sin anunciarse. Aquella era propiedad de un médico muy respetado en el pueblo. Allí colaboraba en la limpieza y cuidado de los niños.

Esa mañana cálida de verano, esperó un largo rato en la esquina, hasta que la vio salir. Llevaba el cabello húmedo y un vestido estampado. Miró hacia la esquina en la que él esperaba. Parecía haberlo visto, por lo que rápidamente Alejandro se ocultó detrás del tronco de un árbol. Se sintió como un niño al que atrapan haciendo una picardía. De todas maneras, esperó a que ella se alejara, se acomodó la boina y caminó hasta la casa. La puerta estaba abierta, la entrada era flanqueada por una cortina de tela rayada mecida por la suave brisa matinal que impedía ver hacia dentro.

Golpeó las palmas para anunciarse. Del interior salió doña Nélida, levantó la cortina, lo miró a los ojos y sin saludarlo, con un gesto rudo, le indicó que entrara.

El lugar era un ambiente amplio, oscuro aun de día, se adivinaba la presencia de algunos muebles cuyas formas se fundían con la negrura de la profunda opacidad.

En la pared frente a él, levemente hacia la derecha escuchaba, porque no lo veía, la marcha melodiosa y constante de un reloj. No pasaron más de dos o tres minutos cuando sonaron las campanadas indicando las nueve en punto.

Alejandro se quitó la boina y tomó asiento en donde se le indicó. Esperaba que en cualquier momento ingresara El Griego, ya que pudo observar el humo de un cigarro inclinado sobre un cenicero en una esquina de la mesa, el fuerte olor a tabaco invadía cada rincón.

Una vez sentados frente a frente, a una mesa de madera arruinada por el uso, comenzó la conversación.

Doña Nélida tomó el puro del cenicero, ante el asombro de Alejandro, le dio una pitada, soltó el humo y dijo:

—Supongo que hablar de Ángela –dijo evidenciándose que el castellano no era su idioma materno.

—Pues, sí, supone bien. ¿Esperamos a su esposo?

—No, no, él ya no vive aquí –le aclaró–. Hable, hable –insistió la mujer.

Alejandro carraspeó y comenzó.

—Usted sabe de mi interés por vuestra hija. Deseo llevarla a vivir conmigo, le daré una buena vida y os aseguro que cuidaré de ella y del hijo que lleva en sus entrañas. Deseo formar una familia. Tengo mi propiedad y una pequeña casa cerca del río para comenzar.

Eso era todo lo que tenía planeado decir. Se sintió aliviado.

Luego de un breve silencio y reconociendo que la mujer esperaba más, realizó una profunda inspiración y continuó:

—Conozco lo que ha vivido Ángela y aquello no se repetirá conmigo, no volverá a pasarle algo similar. Soy un hombre ya entrado en años y mis intenciones son sinceras –continuó su argumentación.

Doña Nélida no era una persona de extensos relatos, menos aún, de dar rodeos para decir lo que pensaba, su respuesta no se hizo esperar y empleando un castellano rioplatense con acento inglés, dijo:

—Sabes, "my Ángela" tuvo un mal matrimonio, ella necesita una vida tranquila y sin carencias. Usted me agrada, pero ella (hizo un breve silencio).

—La diferencia de edad no es tanta –interrumpió Alejandro.

Doña Nélida, lo miró y siguió hablando, sin darle importancia a su comentario.

—Necesito acá a ella, colabora en la casa y tiene un buen trabajo con los Muñoz.

Alejandro le ofreció hasta lo que no tenía para convencerla. La ayudaría con verduras, carnes, que él mismo le enviaría con un lanchero e incluso con algo de dinero si fuera necesario.

Aquello más que un pedido de mano terminó siendo una transacción comercial, no porque la mujer fuera materialista o insensible, sino que las carencias de los últimos tiempos la obligaban a pensar en qué iban a comer, antes que cualquier otra cosa.

Doña Nélida ya conocía desde algún tiempo las intenciones de Alejandro e incluso estaba segura de que era lo mejor que le podía suceder a su hija. Estas sensaciones surgían a partir de sus sesiones de cartas, no de meras intuiciones. Una habilidad heredada por generaciones. Empleaba las cartas españolas, las disponía en forma acomodada en hileras sobre la mesa luego de preguntarles sobre algún acontecimiento interesante. Las observaba cuidadosamente, analizaba el significado mientras limpiaba con los dedos índice y pulgar las comisuras de sus labios. En voz baja hacía algún comentario y las guardaba rápidamente si escuchaba que alguien se aproximaba a la casa.

Era consultada secretamente por mujeres de la alta sociedad para averiguar sobre presuntas infidelidades de sus esposos. Llegó incluso a predecir el embarazo de una muchacha soltera y adinerada, hija de un político renombrado y con altas aspiraciones. Gracias a sus sesiones de cartas la madre de la muchacha descubrió a su hija con el hijo del panadero, con el que mantenían un romance oculto, pues la chica estaba comprometida con un oficial del ejército, hijo de otra familia prestigiosa del pueblo. Así fue como la joven, con la excusa de una enfermedad de la abuela, terminó casada antes que el embarazo fuese notorio. Al poco tiempo de finalizada la luna de miel le fue adjudicado un hijo, de otro, al prominente y engañado oficial.

Doña Nélida siempre dudó de si su habilidad había beneficiado o no a la jovencita.

—Creo que fue peor un matrimonio infeliz que enfrentar los comentarios de este pueblo, donde todo, igualmente, se sabe, aunque disimulen muy bien. –Lo decía en su idioma materno para que nadie comprendiera.

Esto se debía a que conocía, de buena fuente, que los amantes nunca dejaron de verse. El esposo siempre estaba cumpliendo funciones en Buenos Aires, por lo que ella disponía de mayor libertad que otras. Llegaba durante la noche a la panadería y entraba por una puerta lateral. Permanecía allí hasta la madrugada. Algunos comentaban que lo hacían entre las bolsas de harina mientras los panes se horneaban.

—Mira, ahí viene la esposa de Medrano, la que se acuesta con el hijo del panadero. ¡Qué caradura! –cuchicheaban envidiando la valentía de la muchacha.

El joven tenía cuerpo atlético, alto, cabello oscuro y ojos negros. Muchas de las señoras que la criticaban deseaban estar en su lugar o tener ese coraje. Sus vidas eran aburridas, monótonas, carentes de sentido. Algunas de ellas conocían y toleraban los engaños de sus esposos, pero jamás se atreverían a hacer algo parecido, arriesgarse por amor o solo por placer.

—¡Buen día, qué gusto verla! –saludaban las chismosas con una sonrisa falsa cuando pasaba a su lado.

Una de estas curiosas vecinas, que vivía en las proximidades de la panadería, pudo ser testigo detrás de la cortina de su ventana de la despedida de los enamorados.

La mujer manejaba el arte de husmear como ninguna otra del barrio. Desafortunadamente para los amantes la puerta lateral de la panadería daba justo frente a los ojos vigilantes de esta vecina. Ella acostumbraba a correr un pequeño sector de la cortina por donde únicamente asomaba uno de sus ojos y allí podía permanecer varios minutos hasta obtener alguna información que pudiera ser valiosa para sus fines, que no eran otros que divulgar secretos.

Durante la madrugada, desvelada solía caminar a oscuras por su casa convirtiéndose este en el momento ideal para investigar, ya que su esposo e hijos dormían.

Ella relató intrigante a sus fervientes oyentes que un rayo de luz fluía hacia la calle interrumpido por las siluetas fundidas de los amantes. Entre esas personas que escuchaban atentas estaba doña Nélida.

Para ella las cartas eran importantes en cada momento de su vida, consistían en el ingreso económico extra que en muchas oportunidades había permitido poner un plato de comida sobre la mesa cuando sus hijos eran pequeños, pero además le facilitaba el contacto con personas adineradas, de la alta sociedad local, lo que le permitió con los años acrecentar su cartera de clientes y por consiguiente sus réditos.

Cuando Ángela regresó de trabajar, todo estaba arreglado, nadie consultó sus deseos ni opiniones al respecto. Su madre no le comentó, pero ella preguntó:

—Mamá, ¿qué hacía Alejandro tan temprano, en la esquina?

Entonces doña Nélida no tuvo otra opción que contarle que al día siguiente partiría hacia su nuevo hogar.

Ángela tampoco intentó averiguar más al respecto, secretamente lo estaba esperando. Preparó un pequeño bolso con las pocas prendas que poseía y un cepillo para peinar el cabello.

A la mañana siguiente, luego de despedirse, partió junto a Alejandro hacia el puerto.

—Buenos días, Ángela –saludó Alejandro inclinando la cabeza.

—Buen día –respondió ella con una sonrisa nerviosa.

Él llevaba el bolso de la mujer y otros paquetes, una sonrisa complaciente se esbozaba en su rostro.

Ella lo acompañaba en silencio con paso lento, el embarazo era evidente. Mientras caminaba acariciaba su vientre como tranquilizando al hijo o intentando calmarse a sí misma.

Si aquello fue amor o desesperación ante la soledad, tal vez ni siquiera lo supieron los protagonistas. El amor no se mencionó, sí las necesidades y conveniencias. El gran paso que había dado al llevar a su realidad a una mujer embarazada ponía en evidencia que a esta decisión la gobernaban sentimientos profundos.

Alejandro estaba solo, tenía sus amigos, había trabajado años, vencido a las malezas, las inundaciones e incluso a las alimañas. Tanto esfuerzo y trabajo no tenían sentido de ser si no podía compartir sus logros y planes. Cuando llegaba la noche, lo invadía la tristeza, pensaba en lo que podría haber sido su vida con otras decisiones, entonces aparecía algo peor que la finitud, era la soledad desesperante que le quitaba sentido a cualquier proyecto. En esos momentos se enfrentaba al abismo de la nada misma. No le agradaba sentir así, por lo que se abocó a hacer algo al respecto.

Había estado solo gran parte de su vida, pero ahora, al fin, tenía una compañera. Alguien con quien compartiría sus sueños, su vida, las noches frías del invierno y las sofocantes del verano. Alguien que lo esperaría con un plato de comida caliente y lo cuidaría cuando cayera enfermo, aunque también alguien por quien él velaría.

15

Los hijos

El tiempo trajo un oleaje diferente, con ritmo dispar, moviendo a su paso sentimientos, expectativas y generando cambios en un futuro que se perfilaba rutinario e inundado de soledad. Este oleaje sobre el que comenzó a navegar, ese torbellino que él mismo había buscado y provocado, ahora lo llevaba por situaciones nuevas.

Los tiempos monótonos de soledad desaparecieron y quedaron en el olvido con la llegada de tres hermosas y traviesas niñas de pelo oscuro y ojos marrones que corrían y gritaban por los alrededores de la casa.

El inicio de la relación con Ángela fue distante durante los primeros meses. Ella tenía un embarazo avanzado cuando comenzó la convivencia y Alejandro respetó esa etapa, sintiéndose un intruso.

Unos meses después de parir aquel hijo de otro hombre, la mujer había recobrado las formas, su belleza estaba en plenitud. Los vestidos estampados ajustados en sus caderas los llevaba por sobre las rodillas, mostrando sus piernas carnosas, blancas y perfectas. Sus pechos grandes se asomaban con sutileza en el escote enmarcado por una fina puntilla.

Mientras Alejandro se mostraba aparentemente distraído por sus ocupaciones, desde lejos la observaba sintiendo una fuerte atracción. Cuando ella lo descubría, él desviaba su mirada disimuladamente.

Él conservaba su atractivo y secretamente era deseado por mujeres casadas, que vivían en las proximidades.

Una de ellas resultó particularmente ofendida cuando trajo a vivir con él a Ángela.

María, celosa y envidiosa, no paraba de provocar a Ángela, con desprecios y comentarios groseros. Solía darle recetas inconclusas o maliciosamente equivocadas para luego burlarse de ella.

Se aparecía de visita con su esposo los domingos en la tarde y, a veces, en días de semana con cualquier excusa. Siempre traía los buñuelos preferidos de Alejandro espolvoreados con azúcar, la tarta de manzanas o las tortas fritas esponjosas como a él le gustaban. Se sentaba cerca, le hacía comentarios con otras intenciones y lo llenaba de halagos que lo incomodaban. Al esposo de María poco le interesaba su mujer, más importante para él era conocer el secreto de los injertos que realizaba Alejandro para conseguir esos frutos famosos por su tamaño, jugo y sabor.

Se sospechaba que María y Alejandro habían tenido un romance cuando el cónyuge de esta viajaba al pueblo por problemas de salud. Nadie fue testigo del hecho, pero las miradas y sonrisas entre los supuestos amantes alentaban los rumores.

Un pescador inoportuno dijo ver una canoa similar a la de Alejandro amarrada al muelle de María.

Hacía varios minutos que había caído la tarde, la penumbra iba aumentando, cuando escuchó conversar alegremente a un hombre y una mujer. Percibió algo en la conversación entre ellos que llamó su atención. Solo pudo ver a una pareja que caminaba hacia la casa de María, conversando y riendo, siempre de espaldas, nunca giraron. Detuvo sus remos, ubicó su oído en dirección a las personas, tratando de captar el diálogo. La corriente empujaba su barcaza aguas abajo y al pasar frente al muelle vio la canoa que, según sus apreciaciones, era la de Alejandro.

El rumor aumentó cuando un hombre agregó el comentario faltante:

—Yo vi a Juan en el pueblo, para esa fecha –dijo con tono de voz misterioso.

Seguramente como todos los rumores tenía una parte cierta, pero cuál era la verdad y cuál la fantasía de isleños aburridos nunca se sabría.

Todos estos comentarios eran bien conocidos por Ángela y María se encargó de agregar más sospechas, por supuesto:

—¿Dónde está su marido? Debe estar por llegar del monte, ¿no? Siempre regresa para esta hora.

—Prepare el mate, ahí viene –le ordenaba con desprecio mientras acomodaba alguna delicia sobre la mesa.

Traía un mantel de hilo, a cuadros azul y blanco, reluciente y recién planchado, lo colocaba prolijamente sobre la mesa donde exhibía orgullosa las colaciones. Toda la preparación requería de mucho esmero, no se trataba de una improvisación de último momento. Hasta el planchado llevaba tiempo, ya que era necesario calentar la plancha con brasas que se agregaban al artefacto de hierro fundido.

Sabía bien de sus horarios y gustos, y lo hacía evidente para perjudicar la relación de la pareja.

Una tarde cuando las visitas se marcharon Ángela explotó con furia, le gritó a Alejandro y reprochó su comportamiento con insultos. Alejandro nunca la había visto de esta manera. La tomó de las muñecas, la sacudió firmemente y al ver que continuaba desbordada, con una cachetada la hizo reaccionar.

Ángela con los ojos vidriosos lo miró, pareció revivir su pasado. Él sintió culpa, había prometido no repetir la agresión vivida con su anterior esposo y ahí estaba, parado frente a ella, mirándola con vergüenza. La rudeza y el enojo desaparecieron, se sintió frágil. Sin pensarlo la besó por primera vez. Luego repentinamente la tomó de los brazos y la alejó unos centímetros para verla a los ojos y allí encontró el permiso que esperaba hacía tiempo. Desabrochó con torpeza el vestido de Ángela mientras ella lo miraba con cariño y acariciaba su cabello. El vestido cayó al piso junto a su ropa interior. La tomó de la mano y la condujo hasta un sencillo camastro donde sus cuerpos por primera vez se apasionaron en un pronunciado abrazo. Ella yacía recostada desnuda con su cabello negro revuelto esperando con ansiedad que la acariciara. Las manos de Alejandro recorrieron su vientre, suave y lentamente bajaron buscando la calidez de sus piernas, ella gimió sinceramente, lo que provocó en él un fuego que recorrió todo su cuerpo anulando el pensamiento. La besó desesperadamente y el instante tan esperado llegó desprevenidamente y los condujo al máximo placer.

Sus encuentros en la intimidad en un principio fueron asiduos y apasionados, luego la convivencia los fue distanciando, aunque lograron juntos formar una familia.

Ángela, envidiada por su belleza y por la suerte de haber encontrado un hombre apuesto, trabajador y soltero, tenía una mente frágil, con las reacciones y la inocencia de una niña. Ella era amorosa con sus hijos, pero no participaba en la educación, era incapaz de ponerles límites o corregir comportamientos inadecuados.

Alejandro aceptó como propio al hijo que Ángela llevaba en su vientre cuando la conoció. A ese niño le dio su apellido, fue su hijo mayor, el único varón. Unos años después llegarían sus tres hijas. Era ya un hombre cercano a la quinta década cuando fue padre por primera vez. En aquella oportunidad la emoción brotó en lágrimas de alegría, que disimuló rápidamente, como era habitual en él. Las lágrimas no eran aceptables en un hombre, las consideraba símbolo de debilidad.

Las crisis nerviosas de Ángela, con el paso de los años y los embarazos, se agravaron, por lo que Alejandro evitaba cruzar conversación con María cuando los visitaba. Siempre tenía algún pretexto para no probar sus manjares o para realizar algún trabajo no planificado.

Las delicias de María eran devoradas sin permiso ni educación por las niñas, mientras la mujer horrorizada trataba de evitarlo sin éxito, buscando guardar algún bocado para Alejandro. Si algún buñuelo rodaba por el piso, en el alboroto, los perros y las gallinas se encargaban de hacerlo desaparecer. Alejandro sonreía viendo el espectáculo y Ángela se sentía incómoda porque las niñas no peleaban así por su comida.

La isla había mutado de un monte impenetrable sin importancia y abandonado, a un jardín, "el jardín del Talavera", como lo solían llamar los conocedores de la zona.

Desde el muelle era posible ver una senda serpenteante, prolija, con matas de flores que le agregaban elegancia y atractivo. Los jazmines, las madreselvas, los cedrones y los azahares de los cítricos brindaban un delicado y persistente aroma, potenciado por el rocío de las mañanas primaverales o la frescura de las noches mansas.

La casa había sufrido modificaciones que la convirtieron en una cabaña de madera bella y funcional.

Los ojos no eran capaces de captar en un solo recorrido la magnificencia del recóndito paraíso. El jardín contaba con frutales de los que suspendían enormes manzanas de rojo brillante, naranjas de cáscara lustrosa y lisa y los limones más grandes y jugosos de la zona. Una gran huerta con papas, batatas, tomates, arvejas, repollos, porotos y lechugas de hojas verde intenso se encontraba detrás de la casa.

Enmarcaban el lugar imponentes sauces carolinos, eucaliptus y sauces llorones. El maizal cercano al límite con los vascos estaba subrayado por prolijos surcos de riego por los que corría agua fresca. Cruzando el arroyo, a un lado de la casa, se veía un gallinero, el chiquero y un cobertizo en el que ahumaban los jamones.

Los fanáticos de la pesca contrataban a los niños para que los guiaran a los sitios del río con mayor pique. Los peces más buscados eran los dorados y surubíes de buen tamaño. También solían detenerse para comprar frutas y curiosear en el lugar, popular por su belleza y la abundancia de alimentos. Esta fama era beneficiosa en algunos aspectos, pero en otros tantos no.

Cuando Alejandro se ausentaba por algunos días, extraños visitantes conocedores de los hábitos de la familia hurtaban alguna gallina o un puerco durante las noches de tormenta para no ser olfateados por los perros. Esta falsa valentía para robar no la mostraban cuando El Gallego, como solían decirle a Alejandro, estaba en casa.

Sus rutinas continuaban siendo las mismas. Temprano, cuando aún no amanecía, salía de su cama, agregaba más leña a la cocina, tomaba unos mates amargos acompañados por una batata tibia, cocida lentamente con su cáscara entre las cenizas de la noche. Luego se calzaba sus zuecos y con un puñado de maníes pelados o semillas de zapallo tostadas en sus bolsillos, partía con hacha y sierra hacia el monte de eucaliptus, en el fondo de su propiedad, cruzando algunos cursos de agua lodosa que dejaba la bajante. Aun desde la casa era posible escuchar el eco de los golpes certeros, talando árboles hasta el mediodía.

Allí estaba solo, sin compañía, ni ayudante o amigo que colaborara en la enorme cantidad de tareas que desempañaba para tener a su familia alimentada y sana. Hora tras hora en total soledad. Nadie más que él conocía los malestares físicos que lo obligaban a descansar más de lo que deseaba, las preocupaciones en cuanto a la educación de sus hijas, la administración del dinero que ahorraba y las inversiones. Fue en esa misma soledad donde tomó muchas decisiones como la de abrirles una caja de ahorro a cada niña para que tuvieran un resguardo si él moría. Era consciente de que no podía contar con Ángela ni recurriría a nadie en ayuda, no era por orgullo, sino porque no sabía cómo pedirla.

Mientras él estaba en el monte, Ángela, entre mate y mate, limpiaba la casa y preparaba la comida. Una o dos veces a la semana mataba una gallina retorciendo su pescuezo, la limpiaba y desplumaba en la orilla del arroyo mientras tarareaba alguna melodía. En una olla con agua colocaba trozos del ave por hervir. Debía comenzar temprano porque el proceso requería de tiempo. Luego agregaba lo que había en disponibilidad en la huerta, como choclos, papas, batatas, zanahorias o unos trozos de zapallo.

Desde el amanecer la cocina a leña estaba encendida, las brasas ardían en su interior y siempre sobre ella había una gran pava con agua en ebullición.

Cuando creía que nadie podía oírla, le agradaba criticar a su marido mirando a través de la ventana trasera, para cerciorarse de que él no volviera imprevistamente y conociera sus comentarios.

En ocasiones sus hijas que la escuchaban desde afuera la asustaban:

—¡Ahí viene papi! –gritaban con sonrisa pícara.

Entonces, Ángela se apresuraba a vaciar el mate arrojando la yerba hacia fuera, lo guardaba y se acercaba a la cocina simulando estar ocupada. Alejandro detestaba encontrarla tomando mate fuera de los horarios habituales de la infusión.

Al descubrir que era una broma de las chicas, sonreía aliviada

—¡Pero, queridas! –decía con dulzura mientras ordenaba las ondas de su cabello tratando de disimular el susto.

Los domingos eran los días de descanso de Alejandro, aprovechaba para dormir algunas horas más, siempre que las niñas no se pelearan o armaran alboroto. Este era su día libre en el que buscaba en su habitación, en el cajón de una mesa pequeña que mantenía cerrado con candado, su mayor tesoro, las fotos de su pasado que guardaba celosamente entre dinero que ahorraba y los caramelos de dulce de leche para sus hijas. Se sentaba en un banquillo de madera en un rincón de la cocina o debajo de la parra a un lado de la casa, les mostraba fotos a sus hijas, presentándoles una y otra vez a los tíos y abuelos. Volvía siempre para observar un rato más la fotografía de sus padres el día de la boda. No los había vuelto a ver desde su partida de España, ya no recordaba el tono de voz, aunque sí sus consejos.

Ellos habían fallecido con muy corta diferencia de tiempo uno de otro, para cuando recibió la novedad de parte de una sus hermanas, ya habían pasado varios meses del deceso de su madre. En aquel momento no imaginó que su padre también había fallecido mientras esta carta venía en viaje. En la próxima correspondencia llegaría a esa conclusión.

Si bien secretamente esperaba la noticia, este fue un momento difícil de asimilar. Un vacío enorme surgió en su interior como si le hubiesen arrancado una parte de sí. Con ellos moría también una etapa de su vida que, si bien ya no existía hacía tiempo, la tragedia le confirmaba ese final. Nunca más iba a verlos ni hablar o discutir con ellos, nunca más tendría sus abrazos o palabras. Nunca más, ese nunca más era el que más dolía.

16

Intrusos

Aquellas islas fueron cambiando, transformándose constantemente a lo largo de los años. Las canoas, botes a motor y hasta enormes barcos las recorrían. Vivían allí familias de inmigrantes que, con trabajo y gran voluntad, habían construído un lugar habitable, pero también económicamente sustentable. Se dedicaban a la pesca, forestación, comercialización de frutas y verduras, fabricación de jamones y pancetas. Ellos construían sus propias casas en alto a cuatro o dos aguas, rodeadas de sencillos y alegres jardines, reparaban sus canoas, criaban animales, habían aprendido a hacer su propio pan, los jamones ahumados, fabricaban las herramientas o las ponían en buenas condiciones. Entre ellos se ayudaban cuando existía alguna dificultad, aunque también los más antiguos asesoraban a los nuevos en las muchas tareas que un isleño recién llegado debía realizar.

Las nacionalidades de origen de estos habitantes eran diferentes. Los españoles, alemanes, franceses, ingleses, griegos y árabes convivían en esas tierras. Si bien habían aprendido el castellano o los modismos de la región, ellos continuaban aferrados a todo lo que habían dejado. Su idioma materno era el empleado puertas adentro, trataban de transmitírselo a sus hijos, sus costumbres, las comidas, danzas y recuerdos. A pesar de estas diferencias habían logrado vivir en armonía e incluso compartir con sus vecinos parte de esa cultura en la que habían crecido.

Cuando Alejandro en el puerto o en la lancha de pasajeros se encontraba con otro español, su ánimo cambiaba, los recuerdos lo rodeaban conversando sobre lugares que habían conocido de niños, de la historia de su país o de cualquier tema relacionado con los orígenes. El viaje parecía corto, el tiempo pasaba rápido, la travesía se convertía en un pasaje expreso al pasado, del que no le era sencillo regresar. Una sonrisa tierna y prolongada se dibujaba en los rostros de los coterráneos.

El progreso trajo comodidades, vecinos que se convirtieron en amigos, pero también aparecieron con él aprovechadores. Ciertos hombres que nunca se habían preocupado por mejorar sus miserables vidas y veían con envidia la situación económica de estos inmigrantes. Otros consideraban que por ser extranjeros estaban obligados a entregar parte de sus posesiones cuando el gobierno así lo dispusiera. Ellos que habían sido recibidos para poblar esta nación, que habían contribuido a su crecimiento, ahora eran despojados sin aviso ni permiso de lo que tenían.

Alejandro había vivido situaciones angustiantes cuando anclaban frente a su isla, bajaban a tierra y arrasaban con todo. Cuando volvía del monte encontraba destrozadas las plantas, vaciado el chiquero y el gallinero.

Había aleccionado a sus hijas para que corrieran a avisarle si algún barco anclaba cerca de allí. Las dos niñas mayores eran astutas, inteligentes y decididas. Nada las intimidaba. Habían crecido entre animales salvajes, corriendo descalzas en el monte. Eran felices de esa manera y defendían su terruño insultando a quien quisiera aprovecharse del lugar o de su familia.

Una mañana, mientras jugaban en la costa arenosa cerca del muelle, escucharon cómo un gran buque disminuía su velocidad. Ambas fueron testigos del descender del ancla y posteriormente de los botes.

Corrieron a avisar a su padre. Cruzaron los arroyos, gritando desesperadamente.

—¡Papá, papá, paró un barco del Ministerio! –gritó una de ellas desde el otro lado de un arroyuelo, ahora vacío, cuyo lecho lodoso había quedado al descubierto.

Alejandro escuchó los gritos y con paso apresurado fue al encuentro de ellas.

—¡No crucen, esperen ahí! –les gritó con tono de voz firme.

Entonces tomó una vara de madera larga y robusta que se encontraba clavada en el lecho. Con un pequeño envión y ayudado por ella a modo de garrocha cruzó el arroyo y se encontró del otro lado con sus hijas.

Juntos corrieron hasta el galpón cercano a la casa. Subió por una pequeña escalera de madera de no más de diez peldaños hasta un entrepiso. Hurgó en un rincón apresuradamente, allí escondía una caja de madera que había arrojado al río un buque carguero. Estaba tapada con un poco de paja para evitar que los niños la encontraran. La abrió y sacó un arma. Colocó los cartuchos en la escopeta de caño recortado y los tres salieron corriendo hacia la costa.

Se trataba de un buque del gobierno, aquel mismo que durante las inundaciones, cuando no quedaba otro sitio más que el techo de la casa para vivir, no se detenía para ayudarlos porque Alejandro era inmigrante. Que su esposa e hijos hubieran nacido en estas tierras nada les importaba más que el voto en épocas de elecciones.

—¡A este gallego no le dejes nada, no vota! –gritaban con desprecio al pasar frente a ellos.

Esto indignaba a Alejandro, no comprendía por qué era mejor entregarle alimentos o colchones a una familia con hijos mayores, dedicados a la bebida y la vagancia y no ayudarlo a él también, que tenía niñas pequeñas y se deslomaba trabajando.

—¡Coños, hombre, esto sí que está podrido! Se premia al vago. Nunca entenderé a este gobierno. Lo único que hace es criar atorrantes y "currumpidos" –refunfuñaba solo, porque su familia entendía menos aún de estas cuestiones.

Cuando aquel día las niñas y su padre llegaron al muelle, ya varios botes, con parte de la tripulación, se dirigían rumbo a sus tierras. En sus rostros era posible ver la ansiedad por obtener gratuitamente gran variedad de provisiones.

Alejandro agitó un trozo de tela roja cocida a un palo con la que habitualmente llamaban a la lancha de pasajeros. La agitaba indicando la negativa a recibirlos.

—¡Vuelvan a su barco! ¡Regresen o disparo! –gritó con todas sus fuerzas, advirtiéndoles que no eran bienvenidos.

Se escucharon carcajadas de los intrusos. Estaban eufóricos, seguramente imaginando el tesoro que iban a robar.

Alejandro sabía muy bien que si otra vez permitía que desembarcaran en sus tierras no solo arrasarían con lo que encontraran, sino que además se transformaría en algo habitual.

Varias familias habían tenido estas invasiones en las que se llevaron alimentos, animales y hasta herramientas. Recordó en pocos segundos algunas historias, por lo que sin valorar las posibles consecuencias apoyó la escopeta en el hombro y disparó.

Él, parado firme en el muelle, los miraba fijamente. Las niñas con el estruendo se asustaron, al igual que los marinos, quienes con pocas maniobras viraron los botes rumbo a la seguridad de su nave.

Uno de los hombres, ante la frustración de no conseguir el botín, le gritó:

—¡Gallego, loco de mierda!

Fue entonces cuando surgió un segundo estruendo y otro abanico de perdigones cayó al agua cerca de los botes, así les confirmaba que, loco o no, iba a ser imposible bajar en sus tierras.

Alejandro y sus hijas quedaron de pie en la playa y esperaron a que el barco se marchara. Se escuchaban gritos de indignación por parte de la tripulación, si bien no eran comprensibles por la distancia, el tono permitía asegurar que se trataba de insultos.

Alejandro llevó a las niñas dentro de la casa y le entregó a cada una un gran caramelo de dulce de leche valorando lo que habían hecho ese día.

El domingo cuando se reunieron en el patio de los vascos, mediando mate y una gran bandeja de maníes asados con sus cáscaras, Alejandro les relató la experiencia. Las carcajadas junto a los comentarios avivaron el encuentro. Alejandro sintió que le dolía la cara de reírse, era una sensación extraña para él, pero muy agradable.

17

Festejos del año viejo

El 31 de diciembre de 1955 en la casa de los Fernández había una dinámica distinta. Todavía no cantaban los gallos cuando Ángela se unió a Alejandro en la cocina, y entre mate y mate preparó varios panes con parte de la levadura madre que guardaba celosamente en un lugar oscuro, a temperatura templada, en un recipiente cubierto por lienzo limpio. Colocó cuidadosamente la levadura en el centro de una corona de harina de trigo, agregó grasa y agua tibia para unir los ingredientes. Alejandro encendió la leña dentro del horno de barro ubicado a un lado de la casa.

Reinaba un agradable silencio, las niñas aún dormían, algunos zorzales sacudían sus plumas humedecidas por el rocío de la noche que se desvanecía con premura.

Él caminó lentamente hasta el arroyo, no estaba apresurado para llegar al monte a trabajar como siempre, era una mañana distinta. Arrojó la lata al arroyo para recoger algo de agua, llenó la pava y con ella en la mano regresó a la casa. Era inminente el amanecer, iniciaba ese instante en el que la noche y el día se funden, se mezclan formando uno parte del otro.

El aroma que flotaba en las inmediaciones de la casa a la leña de eucaliptus encendida era embriagador.

Finalmente llegó el día, asomó el sol y reflejó los primeros rayos sobre las aguas calmas del río, las que, de inmediato, se tornaron en doradas.

El humo del horno quedó flotando por unos minutos en el patio, Alejandro entró en la cocina y cerró inmediatamente la puerta tras de sí, ya que el aire fresco del amanecer podía hacer fracasar la fermentación.

Cuando la leña se convirtió en brasas radiantes, esperó a que estas fueran cubiertas por una fina capa de cenizas. Luego extendió su brazo dentro del horno por unos instantes, ese era el punto, debía tolerar el calor.

Retiró las brasas, y ayudado por una tabla, fue colocando uno a uno, en el piso ardiente del horno, cuatro grandes panes de formas redondeadas.

Para cuando comenzaron a despedir su inconfundible aroma se escuchó el motor de un bote que provenía de aguas abajo.

El sonido a ritmo constante, forzado y lento se diferenciaba del motor de otra embarcación que iba bajando. Faltaban algunos kilómetros para que El María Angélica amarrara en el muelle. Se trataba de una barcaza de no más de cinco metros de eslora, construida en madera. Lo único que se destacaba era la cabina de comandos, el resto estaba descubierto para la carga y descarga de la madera proveniente de los desmontes.

El sonido fue incrementándose a medida que se acercaba y metros antes de llegar al muelle comenzó a descender la velocidad. Alejandro recibió la soga de amarre mientras saludaba a los tripulantes. Ángela corrió hacia allí arreglando su cabello y secándose las manos.

Los visitantes eran familia, el hermano de Ángela, su esposa y un niño pequeño.

Las cuñadas sentían verdadero afecto una por la otra, por eso la llegada de Amada era una bendición para Ángela. Se respetaban, podían hablar sin ser juzgadas y reían a carcajadas recordando eventos familiares. Fue una de sus pocas amigas.

También venían en el bote otras hermanas de Ángela con sus esposos e hijos a los que amaba, pero con quienes no se sentía a gusto.

Traían, como todos los años, un barril lleno de hielo con botellas de bebidas alcohólicas y gaseosas. Este era un evento importante, pues ese día no probarían el agua amarronada del arroyo para acompañar la comida.

Mientras los niños jugueteaban y corrían inspeccionando el lugar, los hombres comenzaron a discutir sobre la mejor manera de hacer la carne asada. En este tema Alejandro no intervenía, ya que por el solo hecho de ser extranjero no debía opinar al respecto, de lo contrario comenzaban los sarcasmos y bromas.

Las mujeres se reunieron en la cocina para preparar grandes fuentes de ensaladas. Las lechugas de diferentes tonalidades de verdes se entremezclaban con el jugo y las semillas de rojos y aromáticos tomates. Una fuente con papas y zanahorias hervidas fue condimentada con sal y perejil picado.

Llegado el mediodía el calor se convirtió en agobiante; mayor aún para los asadores. Sus rostros enrojecidos por el calor del fuego eran acompañados por gotas de sudor que secaban con el antebrazo y apaciguaban con algún sorbo de vino tinto frío.

Trozos de carne vacuna, pollo y cerdo soltaban sus jugos sobre las brasas que ardían debajo de ellos, despidiendo una suave humareda cargada de aromas que acrecentaba el apetito de los comensales.

En una larga mesa improvisada con caballetes y tablones se ubicaron las familias en su encuentro anual para despedir al año viejo.

Entre gritos, carcajadas, discusiones, conversaciones, platos y fuentes, compartieron un largo almuerzo. Luego con los estómagos repletos continuaron la charla de sobremesa, algunos alejaron unos centímetros la silla para acomodarse mejor.

En la siesta los pájaros detuvieron su canto, el silencio lentamente avanzó por sobre los pajonales y el sol fuerte e incisivo se filtró entre las ramas de los árboles, llevando su calor hasta los lugares más ocultos. Lo invadió todo, las espesas sombras se transformaron en frágiles, los rayos intrusos hacían arder el suelo provocando que la humedad huyera de allí.

Los invitados entraron en una modorra difícil de controlar. Los hombres descansaron debajo de un árbol o en el interior de la casa. Los niños y sus madres caminaron lentamente por la senda hasta la costa, para refrescarse.

La playada, limpia y prolija, era acariciada tiernamente por el oleaje del río.

Los niños corrieron por el muelle y de allí saltaron al agua gritando. Las mujeres entraron al río vestidas y se sentaron cuando el agua les llegó a las rodillas. Mientras mojaban sus cabezas para amainar el calor del sol sobre ellas, conversaban sobre las novedades de la familia y algunos chismes que circulaban:

—Ángela –dijo una de sus hermanas.

—Sí, ¿qué pasa? –ya sabía que el comentario que estaba a punto de hacer no sería agradable.

—¿Es cierto lo que me dijeron sobre Alejandro? –le dijo con gesto burlón.

—¿Qué te contaron? –preguntó Ángela. Siempre quedaba atrapada en las intrigas de su hermana.

—Que le vende más barata la madera al tano del cruce... porque le gusta la hija.

—No le hagas caso. ¡Callate! –interrumpió inmediatamente otra de las hermanas.

—¿Al tano? Nunca lo vi por acá –respondió Ángela con sesgo de duda.

—La hija del tano es una niña, mirá si Alejandro se va a fijar en ella –agregó una de las mujeres

Estos eran los comentarios que enloquecían a Ángela. Los guardaba por un tiempo en su interior a modo de una valiosa colección hasta que un día por cualquier otra situación explotaba y los escupía sin filtro ni organización alguna. Durante esas crisis nadie podía hacerla cambiar de parecer o tranquilizarla hasta que se cumplía el desahogo, y así volvía a ser la misma Ángela tierna, ingenua y comprensiva.

Esta hermana vivía en la ciudad y no conocía de carencias materiales, tenía una vida más acomodada que la de Ángela, pero la envidia carcomía su interior, tal vez porque no conocía la felicidad.

Por el contrario, Ángela sí sabía qué era ser feliz con lo poco que tenía. Ella conocía de sufrimientos, violencia, hambre y, lo peor de todo, había sido condenada a no ver crecer a sus hijos mayores, pero valoraba el presente y, si bien no era todo perfecto, dentro de esas imperfecciones había encontrado momentos de felicidad.

Aquel día Ángela ignoró los dichos de su hermana, tal vez por la contención que le brindaron las otras mujeres o porque prevaleció en su estado de ánimo la alegría del festejo.

Cuando el calor descendió, la siesta concluyó y comenzó la mateada debajo de la parra. Las tortas fritas y buñuelos cubiertos de azúcar fueron los preferidos de niños y adultos.

Cuando la brisa fresca del atardecer sopló desde el río, colocaron la mesa en el medio del patio, y entre gallinas y perros comenzó la partida de cartas.

Otros prefirieron recorrer los frutales y juntar algunas peras o limones para llevar a la ciudad.

Alejandro solía prepararles algunas latas con verduras o un jamón ahumado de su producción como obsequio para cada familia.

El momento de marcharse lo marcaron los visitantes. Luego de una corta cena en el patio mientras se sacudían los mosquitos caminaron hasta el muelle, como en procesión, guiados por el farol a kerosene que llevaba Alejandro mostrando el camino.

En la despedida aparecieron las promesas, siempre incumplidas, de un nuevo encuentro antes de las siguientes festividades.

Las mujeres subieron con dificultad a la barcaza por los efectos del alcohol del último brindis. Las carcajadas retumbaban en el río desde donde llegaban otras risas lejanas.

Cuando el bote emprendió su regreso, Alejandro se quedó en el muelle por varios minutos escuchando cómo poco a poco su sonido disminuía hasta desaparecer.

Desde allí pudo ver cómo la luz del otro farol ya había llegado a la casa, donde Ángela y los niños, seguramente, se preparaban para dormir.

Alejandro caminó tranquilo por la senda de regreso, escuchaba el agua chocar con la costa del arroyo, las ramas de los árboles mecerse con la brisa. El farol dibujaba extrañas sombras que lo acompañaban en este recorrido. En el patio pudo ver el desorden que la fiesta había dejado. Revisó que el fogón que habían encendido al anochecer estuviera apagado.

Para cuando llegó a la vivienda todo era calma, se recostó en la cama, estiró el brazo y apagó la lámpara.

Iniciaba el año 1956. El año viejo se había ido cargado de muerte y tristezas. El gobierno de Perón había sido derrocado ferozmente y los tiempos venideros se percibían inseguros tanto social como económicamente. Alejandro que en muchos aspectos no coincidía con el gobierno anterior sabía que todo sería distinto ahora. Nunca había vivido una situación similar. La incertidumbre no lo dejó dormir rápidamente esa noche y seguro no fue el único.

18

Sentirse amado

En un claro del monte, rodeado por una esbelta y frondosa arboleda, se encontraba un sitio apacible, casi mágico. Llegar hasta allí no era sencillo, no existía una senda que lo conectara con otros lugares, sino que debía lanzarse entre la maleza y abrirse paso en esa maraña que crecía libre y descontrolada. Luego de andar por varios minutos, casi en el final de su terruño, se encontraba este páramo.

A la sombra de los eucaliptus, árboles de hojas verde pálido y corteza grisácea, se ubicaban solitarios, como abandonados, unos cuantos cajones con colmenas.

Cerca del mediodía se filtraban algunos rayos de sol que permitían descubrir miles de insectos revoloteando entre las mínimas partículas de polvo. Esos haces de luz en su recorrido se entremezclaban con las hojas, produciendo un suave aroma mentolado que impregnaba el lugar, para finalmente caer al suelo, sobre la tierna hierba que pujaba por salir entre la hojarasca.

Los testigos de sus cortas, pero vigorizantes, estadías en aquel lugar eran los jilgueros, zorzales y benteveos que acompañaban su trabajo con apacibles melodías. Le agradaba comparar sus cantos como si se tratara de un concurso de trinos. Los predilectos eran los más alejados, que adquirían mayor resonancia, repiqueteando dentro del monte.

Esa mañana, apenas el cielo comenzó a mostrar su celeste, se dirigió hasta el cobertizo y cargó sobre sus hombros una bolsa de arpillera llena de naranjas, tomó la senda hacia el muelle y la dejó en su extremo. Ese día pasaría la lancha de pasajeros, el lanchero se acercaría al ver el mástil con un trozo de tela flameando, el ayudante descendería y colocaría la bolsa en un rincón cerca del conductor. Esta era la manera en que Alejandro agradecía la ayuda que tantas veces le había brindado.

El burbujear fuerte del agua y el sonido del motor cuando la lancha partió se escuchó desde el gallinero donde Ángela alimentaba a gallinas y patos.

Él caminó hasta las colmenas y allí se encontraba, desde el amanecer, con todo su cuerpo cubierto para evitar ser picado por las abejas que intentaban ahuyentarlo, furiosas al ser invadidas. Los guantes, máscara y un traje confeccionado rústicamente con un trozo de lona vieja eran su protección. En la mano derecha portaba un envejecido ahumador de lata, que colaboraba en la tarea confundiendo a los insectos para arrebatarles un poco de su delicioso y nutritivo alimento.

Retiró solamente algunos trozos de los paneles más cargados. Con un cuchillo afilado sacó el sello de cera que recubría las celdas. Luego, los colocó sobre un gran cernidor. A medida que el sol del verano iba llegando a ellos, filtrándose entre las ramas, la miel corría liviana escapando de las celdas, atravesando el colador y cayendo a una batea de madera colocada debajo. Todo tenía utilidad, la cera era separada y colocada en otro recipiente para posteriormente fundirla y venderla o intercambiarla por mercadería a don Vicente.

Estaba absorto en su tarea cuando creyó escuchar gritos, que, por su orientación, provenían de la casa. Desde el fondo, dependiendo la dirección del viento, era posible escuchar a sus hijas gritando, generalmente por rencillas pueriles. Pensó que en cualquier momento llegaría hasta el lugar alguna de las niñas con los reclamos o quejas, por lo que cerró los cajones, se retiró la escafandra y lentamente, entre esos gigantes con raíces, inició el regreso hacia la casa.

La mañana era calurosa, había amanecido con cielo despejado, lo que pronosticaba un día agobiante.

Cuando el cielo se nubló sintió alegría porque las siestas de los días anteriores se habían convertido en pesadillas, solo daba alivio un buen chapuzón en el río. El calor no permitía descansar, pero además el trabajo disminuía al regresar temprano a la casa para refrescarse y guarecerse del sol.

Saliendo del monte, la hierba ardía, desprendía un suave aroma a pasto quemado. A medida que la temperatura subía, la calma avanzaba sobre la isla. Hasta las aves buscaban refugio como si se tratara de una tormenta.

Caminaba lento, de su hombro derecho colgaba un cinto ancho de cuero en el que llevaba las herramientas de apicultura, y en su mano el machete tomado por el mango con el extremo apuntando hacia el suelo. Con la izquierda asía una lata con algo de miel. Pasó junto a los limoneros y naranjos que lo acariciaron con su sombra. Desde allí podía ver ya la parte trasera de la casa, miró hacia el cielo, y lo que creyó que sería un alivio fue la peor de las pesadillas.

Una nube oscura avanzaba hacia ellos, las niñas lo miraban desconcertadas, no comprendían lo que pasaba. Él sí, ya conocía muy bien lo que estaba por ocurrir.

—¡Vayan a la casa, son langostas! –gritó mientras corría hacia ellas y la lata con miel caía al piso.

—¡Papi, acá hay una! –gritaba desesperada una de las niñas, tomándola de un ala.

—¡Mirá, es enorme! –estaba realmente impactada por el tamaño y color del insecto.

Primero bajaron unas pocas, ellas encabezaban el desastre, eran las que realizaban el reconocimiento del lugar y guiaban a las demás hacia el alimento.

A pesar de los ruegos de Ángela, la plaga azotó sus plantaciones y la huerta. Solo pudieron ser, cruelmente, testigos del destrozo.

Voraces, verdes, marrones, enormes, inquietas, las invasoras cubrieron los plantíos. Con la rapidez de un parpadeo, hojas, tallos y brotes fueron devorados. Así la plaga de langostas había atacado sin piedad y acabado con meses de trabajo y cuidados.

Cuando, finalmente, estuvieron saciadas se alejaron tan rápidamente como llegaron, seguro en busca de otro sitio que les proveyera de más alimento. Al levantar vuelo mostraron el poder de su voracidad y dejaron tras de sí desolación y tristeza.

Aquella sombra que se posó sobre el lugar muy lejos estuvo de ser una bendición, representaba meses de trabajo desperdiciados. Una vez más, los planes construidos sobre la base de esos ingresos económicos no podrían ser cumplidos.

La misma naturaleza ya le había enseñado que las lamentaciones o enojos no traerían aquello perdido, solo envenenaba y amargaba el alma, quitaba el entusiasmo y destruía iniciativas. Por eso de su boca no salieron quejas ni lamentaciones, sus ojos no lloraron lágrimas, pero su corazón albergó esta nueva herida, que se sumó a otras tantas que se encontraban formando una gruesa capa, no ya a modo de coraza, sino que estas lesiones lo iban emblandeciendo, lo dotaban de mayor vulnerabilidad. Cada una que se agregaba dolía más, pesaba más.

Las plagas siempre fueron anunciantes de cambios repentinos en el clima o predecesoras de grandes tempestades. Y esta vez no fue distinto. Llegaron las lluvias, primero copiosas para transformarse, poco a poco, en una llovizna persistente que continuó por varios días hasta que el viento la fue alejando.

En esos días húmedos la familia visitaba a los vascos para escuchar algún radioteatro, pues estos estaban en casa sin posibilidades de salir al monte.

Alejandro se dedicaba a realizar alguna sencilla reparación dentro de la casa o cortaba leña y la colocaba debajo de la cocina.

Le agradaba pararse junto a la ventana mientras fumaba un cigarro. Desde la tibieza del ambiente observaba a los pájaros buscando alimento, entre las maderas y la paja, en el alero del techo.

En aquel silencio podía escuchar cómo miles de gotas corrían desenfrenadas por el tejado, se deslizaban apresuradas hasta el borde desde donde caían abruptamente al vacío, formando un surco en la tierra se unían a otras miles en una concentración homogénea.

Cuando amainaba, salía con la guadaña y cortaba el pasto crecido en la orilla del arroyo. Era el momento ideal, ya que la tierra impregnada por el agua era dócil y permitía desprender la hierba de raíz.

En el arroyo, las gotas formaban círculos concéntricos que iban adquiriendo mayor tamaño hasta chocar con otros que creaban otras gotas.

Mientras tanto, en la casa de los vascos todo era algarabía gracias a su nueva adquisición, una radio a transistores, toda una novedad por aquellos lugares. Era un artefacto grande, de madera lustrosa, color marrón con betas claramente definidas. Tenía dos grandes perillas negras. Una de ellas al girarla encendía y controlaba el volumen, la otra permitía cambiar el dial. La habían ubicado en una esquina de la cocina, sobre un mueble de madera, y allí permanecería por décadas. Frente a ella se reunían Ángela, las niñas y los dueños de casa. Durante una hora disfrutaban de un nuevo episodio del radioteatro.

Este era un evento ansiosamente esperado. Desde la mañana comenzaban los preparativos. Ángela cocinaba tortas fritas o buñuelos para acompañar el mate durante la transmisión.

Se sentían bendecidos cuando la señal radial era buena como para llegar a escuchar el final del capítulo.

Mediante una buena interpretación de los actores y como estrella la imaginación, cada uno se abstraía en la historia, el silencio inundaba todos los rincones, solo el sonido de la leña que ardía en la cocina lo interrumpía.

Si alguien osaba realizar algún comentario Secundino se encargaba de anularlo con rudeza:

—¡Cállate, hombre! ¡O hablas o escuchas, pues!

Para cuando este episodio llegó a su fin, la penumbra ya era densa. Secundino encendió el farol a kerosene, y las acompañó a cruzar el primer puente. Desde allí la mujer con sus hijas continuarían solas, pues los vascos y Alejandro tenían formas distintas de ver las cosas y surgían discusiones que distanciaban a los amigos.

—Hasta acá está bien, seguimos solas –le dijo Ángela a Secundino.

—Bueno, os dejo el farol. Tengan cuidado al cruzar el próximo puente, está todo humedecido –les aclaró.

Al atardecer las lluvias habían cesado, el viento llevó las nubes lejos de allí y trajo con él temperaturas bajas, brindando alivio en mitad del verano.

Desde la casa, Alejandro escuchó las voces de la familia que venía de regreso. Abrió la puerta y la luz del farol que estaba sobre la mesa dibujó su silueta en el exterior. La cerró tras él, para evitar el ingreso de los mosquitos, y fue al encuentro. Las esperó en el mojón, que marcaba el inicio de su propiedad; desde allí volvieron juntos.

La llama del farol se apagó cuando una ráfaga inoportuna arrasó con ella y entonces los rostros se fundieron con la noche y sus cuerpos fueron solo siluetas incompletas.

Las primeras estrellas aparecían tímidas decorando con su tenue luminosidad un cielo oscuro, infinito, velado.

Una de las niñas caminaba junto a él, la otra adelante, Ángela iba a su lado relatándole parte de la novela que habían escuchado. Los pasos eran cortos y cuidadosos. Las niñas hacían acotaciones al relato de la madre. Alejandro cargaba la niña más pequeña en sus brazos.

El haber estado solo por varias horas y volver a verlas divertidas y felices provocó en él las mismas emociones tal vez por ósmosis, tenía ganas de reír, se sentía pleno, orgulloso de sí mismo, pero también de ellas. Quizás por inconsciencia o por optimismo exacerbado, su esposa e hijas conservaban un carácter vivaz y despreocupado.

La vida lo enfrentaba a pérdidas materiales, aunque le permitía seguir disfrutando de sus hijas, de verlas crecer, aun siendo ya un hombre en edad de nietos.

En aquella caminata a oscuras, sintió que así era la vida, no podía ver lo que venía más adelante, pero sí podía sentir, vibrar y emocionarse con quienes lo acompañaban en ese camino.

En el corto recorrido hasta la casa, en medio de la oscuridad, mientras Ángela y las niñas se peleaban por no coincidir en el relato de la novela, se sintió amado. Su familia era feliz con lo que tenían, confiaban en él y disfrutaban de su compañía.

19

Claudio

Antes que Alejandro partiera al monte, Francisco se presentó en el patio. Al verlo allí tan temprano se preocupó, algo de gravedad ocurría. El hombre no era de hacer visitas, y menos aún, a esa hora.

En realidad, Francisco había olvidado entregarle la correspondencia y sabía lo importante que era para todos ellos su llegada.

—Buen día, ¿sucede algo? –preguntó asombrado Alejandro.

—¡Buenas! Aquí tenéis esta carta. La tengo desde hace días, en verdad anoche la he encontrado entre las cosas que traje del pueblo.

—¡Ven, hombre, no pasa nada! –lo tranquilizó Alejandro y realizando una seña con su mano le indicó que entrara a la casa.

Tomaron asiento en unas banquetas ubicadas cerca de la cocina como tantas otras veces lo habían hecho. Francisco se quitó la boina y aceptó el mate que Alejandro le ofrecía. Conversaron un rato del desmonte y sobre los precios del mercado. Discutieron sobre la mejor manera de abonar la tierra y, cuando los temas de conversación se agotaron, se marchó. La charla no duró mucho tiempo porque ninguno de los dos era capaz de sostener largas conversaciones y seguramente pasarían semanas sin volver a encontrarse.

Luego que Francisco se fue, Alejando se dispuso a leer las novedades que llegaban desde España.

La hermana le comentaba que hacía meses estaba en Buenos Aires su hermano Claudio. El hombre había intentado al igual que Alejandro, pero con décadas de distancia, establecerse con su esposa e hija en la Argentina.

Era evidente, por el modo de expresarse, que la hermana estaba preocupada porque hacía tiempo que Claudio estaba intentando localizarlo. Ella quería saber cómo se encontraban él y las niñas, no comprendía por qué no se había logrado el encuentro.

Desconocía por completo que no era sencillo ubicar a Alejandro si no se daba con algún lugareño conocedor de las islas y su entramado a lo largo de cientos de kilómetros.

Para el momento en que ella escribió, Claudio había desistido en la búsqueda. Existía mayor probabilidad de que Alejandro lo encontrara primero, por lo que en la misiva le anticipó el domicilio transitorio de aquel.

Cuando terminó de leer el último párrafo, dudó sobre el contenido y releyó cuidadosamente algunas líneas. La emoción de tenerlo tan cerca lo llenó de alegría y ansiedad.

Sin demasiados preparativos tomó las mejores ropas, un par de zapatos, la navaja de afeitar, su boina y dinero de la caja de lata enterrada debajo del piso, en el cobertizo.

Se aseó junto al arroyo, enjabonó su cabello, cuello y rostro, enjuagó con abundante agua, tomó la toalla y mientras se secaba, apresuradamente, caminaba hacia la casa.

—Ángela, lava y viste a Julita –así ordenó a su esposa que dispusiera a la hija mayor para viajar con él.

Emprendieron el viaje casi sin despedirse. Solo ante la insistencia agotadora de Ángela, su esposo le resumió en dos frases lo que sucedía.

Parte de la carta había quedado sobre la mesa, aunque era imposible para ella o sus hijas conocer el contenido. Nunca nadie les había enseñado a leer, ni siquiera sabían escribir su nombre.

El primer tramo del viaje lo hicieron en canoa hasta la intersección del canal. Allí, en "la esquina", entre pastizales y mosquitos esperaron el paso de la lancha de pasajeros que realizaba otro recorrido aguas abajo, con mayor frecuencia, pues la demanda así lo requería. Una vez a bordo de esta, el viaje era directo al puerto local.

Alejandro no ocultaba su fastidio ante la demora que significaba el atraco en cada muelle durante el recorrido, ascendiendo personas y equipaje o retirando correspondencia.

Mayor fue su malestar cuando el perro de los Quintero saltó imprevistamente a bordo, siguiendo a su dueño. Fue tal el alboroto que se armó para atraparlo y regresarlo al muelle que hasta un lugareño pasado de copas entreabrió sus ojos para observar lo que pasaba.

Viajaron apretujados en un asiento a babor, rodeados de paquetes, canastos y conversaciones poco interesantes.

Finalmente, el sonido del motor de la lancha se intensificó, el agua burbujeó enérgicamente y se detuvo junto a la escalinata del puerto.

Caminaron unos metros. Se pararon junto a un grupo de personas con varios niños y bolsos. Allí esperaron el ómnibus, un mamotreto de color amarillo pálido, grandes ruedas, de andar lento, cuyo recorrido finalizaba en la estación de trenes.

Se trataba de la primera línea de colectivos encargada de recorrer, parcialmente, las polvorientas calles de la ciudad. Pocos sabían que parte del dinero para la compra de la flota había surgido de un préstamo de Alejandro hacia el empresario que habitualmente pescaba en su isla.

El empréstito no requirió de firmas, papeles ni testigos, solo de la palabra de quien se comprometía a devolverlo.

—La palabra de un hombre vale más que un papel –decía.

A pesar de su confianza nunca recuperó esa suma de dinero.

Luego del viaje en aquel ómnibus llegaron a la estación pasado el mediodía, en el lugar reinaba la paz que anunciaba la hora de la siesta. Allí, deberían esperar varias horas para subir a la trocha que los llevaría hasta la bella Buenos Aires.

La niña se sentó en un banco de madera mientras Alejandro se acercó a la ventanilla para comprar los pasajes.

La estación se encontraba en las afuera de la ciudad. Era una edificación nueva, robusta, de paredes blancas con techo a dos aguas realizado con chapas rojas, una puerta ancha de madera y vidrio inglés se encontraba al frente en el ingreso y otra, atrás de salida hacia el andén.

La sala del interior contaba con varios bancos largos de buena madera, pintados en color caoba. En el ambiente flotaba un intenso aroma a tabaco intensificado por el encierro y el calor.

Una vez que tuvo consigo los pasajes tomaron asiento fuera del edificio, debajo del techo del andén, pero cerca de la sombra de un árbol de tupida copa. Allí se dispusieron a esperar. El canto ensordecedor de las chicharras no permitía escuchar el ritmo del reloj que colgaba en una de las paredes. Eran las tres de la tarde. El calor del verano potenciado por la humedad y el agotamiento del viaje generaba somnolencia en ambos.

No eran los únicos en la espera, un paisano conversaba con su esposa junto a unos bultos en el extremo opuesto. El hombre desalineado se diferenciaba de su esposa, quien estaba prolijamente vestida de azul y negro, con el cabello húmedo y recogido.

Para la niña este fue un acontecimiento altamente significativo, jamás había visto y menos aún viajado en un tren. Todo el viaje permaneció pegada a la ventanilla, lo más insignificante ante estos ojos inocentes era hermoso, eran ojos que solo habían conocido de ríos y canoas, a excepción de unas pocas visitas espaciadas al pueblo por el nacimiento de alguna de sus hermanas o por sus afecciones respiratorias durante el invierno.

El viaje llegó a su fin en la gran estación Retiro. Aquel lugar era apabullante para los pueblerinos y más aún para los isleños.

Alejandro no había regresado a Buenos Aires una vez instalado en la isla. Los cambios eran evidentes, diferentes eran los tiempos que corrían ahora, pero además otra era la manera de interpretarlos. Sus ojos recorrían el lugar lentamente, tratando de encontrar a alguien que los ayudara en su búsqueda. Luego de observar con atención a los hombres y mujeres que pasaban a su lado, descubrió que él no era el único desorientado o deslumbrado, ya que muchas otras personas se veían igual a él.

El lugar era amplio, luminoso, pues los rayos de luz del día que finalizaba aún se filtraban a través de cientos de pequeños vidrios que alternados con chapa conformaban el techo del enorme andén. No se había escatimado en nada durante su construcción. Al salir de allí se ingresaba al sector de boleterías y a un glamoroso vestíbulo de estilo francés donde se apreciaban columnas talladas, portales amplios, bellas mayólicas en pisos y techos. Enorme, lujoso y majestuoso recibía a cientos de personas provenientes del interior del país que jamás habían visto algo parecido. Esta estación no tenía nada que envidiar a las europeas, por lo que no era de extrañar que produjera tal impacto en hombres y mujeres que vivían modestamente.

Parado en medio de la muchedumbre recordó su llegada y entonces, en un intento por sobreponerse, se dijo que, si aquello había sido superado, esto también lo sería.

Estaban exhaustos y ya se aproximaba la noche, por lo que la búsqueda debió detenerse. Le consultó a un vendedor de diarios, en las afueras de la estación sobre un lugar donde dormir. Finalmente, en una casa cercana descansaron, se refrescaron y comieron algo que la propietaria del lugar les preparó.

A la mañana siguiente, les llevó varias horas más hallar el domicilio que su hermana le mencionó en la carta. Tomaron un autobús, según las indicaciones de la propietaria de la pensión, que los llevó hasta uno de los tantos barrios porteños. Viajaron en el último asiento con la valija apoyada en el piso, a un lado, sobre el pasillo; ambos miraban embobados por la ventana. Los autos más modernos circulaban por anchas avenidas, coquetas señoras caminaban orgullosas luciendo sus atuendos. La observación era interrumpida cuando alguno de los pasajeros le solicitaba que corriera el equipaje para poder descender o acomodarse en una de las butacas libres.

Cuando finalmente llegó al lugar, el dueño del inquilinato, luego de consultar su libro de registros, le comentó:

—Pagó su habitación y se marchó hace un par de meses.

El hombre con evidente sobrepeso y reacio al diálogo no le daba más información. Alejandro amablemente intentaba obtener algún otro dato. Cuando por fin comprendió que su insistencia era en vano, agradeció, dio media vuelta y se alejó.

Antes de llegar a la puerta el encargado, tal vez por piedad o empatía, recordó haberlo visto a unas diez cuadras de allí. Entonces en un papel le anotó las indicaciones del posible domicilio, otra pensión. Alejandro no paraba de agradecer con una mezcla de nerviosismo y alegría incontrolables.

Con la valija aparatosa e incómoda, que le habían prestado los vascos, en una mano y tomada de la otra su hija, recorrió las cuadras hasta la zona indicada.

Mientras caminaban por la acera sombreada, pensaba en su pequeño hermano, sin dudas ya era un hombre adulto, que portaría canas y hasta algunas arrugas señalando el paso del tiempo.

Tan abstraído estaba en sus pensamientos que por unos instantes olvidó todo lo que ocurría a su alrededor, incluso a su compañera de viaje, que tironeó de su brazo ante un tropezón por el descuido del padre.

Se detuvieron, alcanzando un descanso en el paso, así como en los pensamientos. Apoyó la valija a un lado, giró y ayudó a su hija a incorporarse, cuando estuvieron en condiciones, retomaron la marcha. Ambos estaban cansados, con hambre y sed. Se aproximaba el mediodía, llevaban más de veinticuatro horas de viaje.

Unos metros adelante, en sentido contrario, caminaba hacia ellos un hombre canoso, esbelto, con cierta dificultad al andar. Alejandro movió su cabeza como sacudiendo una idea equivocada, pues reconocía algo familiar en él. Al irse aproximando, mantenía la mirada fija en esa persona, pero este parecía no verlo. Solo cuando estuvieron cerca, cuando cada uno se encontró a sí mismo en la profundidad de la mirada del otro, sin mediar palabras, allí fue cuando realmente se descubrieron.

Se reencontraron, teniendo la edad que sus padres tenían cuando se marchó de España. El abrazo fuerte, cargado de nostalgia, recuerdos, postergaciones y cariño, pero también de inmensa alegría y paz, los unió.

* * *

Ángela, desde la partida de su esposo en busca del hermano, no dejaba de consultar sus barajas para que le adelantaran los sucesos del futuro o del presente aún desconocidos para ella.

Luego del almuerzo, cuando las niñas estaban jugando en la propiedad de los vascos, se refrescó en las aguas del arroyo, cambió su vestido por otro más amplio y cómodo. En la frescura de la cocina, ahora en soledad, preparó sus cartas sobre la mesa, las mezcló varias veces, cortó y se dispuso a investigar sobre la suerte de Alejandro.

Un suave aroma a leña mezclado con la levadura del pan y la comida flotaba en el lugar. Colocó las cartas boca arriba dispuestas en hileras de siete, como le había enseñado su madre. Una vez que ubicó la última, se preparó para interpretarlas.

El zumbido de una abeja desorientada la interrumpió, se levantó de la silla y ayudó al insecto a salir del lugar. Se acercó desconfiada a la ventana trasera porque creyó escuchar las risas pícaras de sus hijas. Cuando comprobó que no estaban cerca continuó con la lectura.

—Alejandro está con un hombre y los rodea mucha alegría. Este debe ser el hermano–Ángela acostumbraba a hablar sola.

—Cerca está un viaje. En unos días regresará –afirmó.

Juntó todas las barajas, las mezcló nuevamente y realizó el procedimiento anterior:

—Alejandro vuelve feliz y acompañado por un hombre –aseguró.

Sus cejas comenzaron a arquearse, los ojos agrandaron su tamaño, abrió la boca y conteniendo la respiración gritó:

—¡Vamos a ordenar y limpiar que Alejandro viene con visitas! –salió corriendo a buscar a sus hijas para que se alistaran, deseaba dar una buena impresión al visitante.

Las niñas a regañadientes colaboraron con la limpieza del patio, regaron para evitar que el polvo se elevara y barrieron. Ubicaron a las gallinas en la gradería y alimentaron a los perros para que no molestaran.

Entre todas ordenaron la casa y cortaron leña. Aunque no era la hora en que habitualmente se amasaba el pan, caía la tarde cuando prepararon el horno de barro para colocar esponjosos panes amasados por Ángela.

Sus hijos y allegados conocían de las habilidades adivinatorias de Ángela, aunque siempre era a escondidas de Alejandro, al que le parecían tonterías e incluso herejías.

Al día siguiente cuando escucharon acercarse la lancha de pasajeros, corrieron todos hasta la costa. Venía a buena velocidad, en apariencia no se detendría. Ángela dudó, tal vez esta vez no había acertado.

La embarcación, en una maniobra poco común, giró abruptamente en dirección al muelle. Ángela y los niños vestían sus mejores ropas, con algunos remiendos, pero limpias. Cuando Alejandro los vio, no pudo creerlo, estaban aseados, prolijos y peinados, esperándolos en la orilla. Allí recordó la habilidad de Ángela en anticiparse al futuro, y en su interior agradeció, deseaba que su hermano tuviera la mejor opinión de ellos.

Claudio intentó disimular el horror que le causó conocer el hogar de su hermano. No realizaba ningún tipo de comentario cuando Alejandro le mostraba la isla y le contaba orgulloso cuánto había logrado allí. Ni un gesto de asombro o admiración, aunque más no fuese de compromiso, se dibujó en el rostro ante los relatos sobre lo que había sido aquel lugar y lo que hoy era.

Al cabo de unos días, con los mosquitos acechándolo, las incomodidades de la vida isleña abrieron paso a la expresión de su pensamiento de la manera más sincera y cruel. No podía creer que su hermano hubiera estado viviendo en aquel lugar solo, durante décadas, menos aún podía entender las costumbres de su esposa e hijos. Deseaba sacarlo de allí lo antes posible.

Los pocos días que pernoctó allí, empleando todos los medios que estaban a su alcance, trató de convencerlo de abandonar el lugar y viajar con él a España, a la casa de sus padres, regresar a su verdadera familia, a sus costumbres y orígenes.

En ninguna de aquellas acaloradas discusiones que tuvieron los hermanos, Alejandro consideró la posibilidad de irse y abandonar todo. Nunca lo haría.

Tantas veces, siendo joven, tuvo la idea de volver, tantas noches sin dormir planeando el regreso. Llegaría sin avisar y sorprendería a su madre en la cocina conversando con una de las hermanas. Imaginaba una fiesta, lágrimas, abrazos y hasta los comentarios que circularían por el pueblo.

Ahora todo era muy diferente, sus padres ya no lo recibirían, sus hermanas ya no eran jóvenes, el pueblo seguramente no era el mismo y tal vez algunos de sus amigos de la infancia tampoco estarían allí. Ahora era tarde para el regreso, el pasado se convertía en un presente reformado, y esas reformas lo transformaban en irreconocible. El hermano buscaba llevarlo con él a un pasado que solo existía en los recuerdos y, además, Alejandro ya no se reconocía en esa vida.

Prefirió quedarse con los recuerdos tal como los revivía cada domingo, mirando las fotos, a enfrentar todo aquello que pasó en su ausencia, a recorrer lugares que ya no eran los mismos, o peor aún, tener que visitar las tumbas de quienes amaba y ya no estaban para abrazarlo.

Ángela y los niños trataban de impresionar a Claudio mostrándole la recolección de los espineles o las habilidades para realizar zambullones desde la rama de un árbol. A pesar de todos los intentos el hombre mantuvo una cruel distancia de ellos.

El día que Claudio se marchó, la alegría de haberlo encontrado se había opacado. De niños habían sido inseparables, compartían juegos y solían ser cómplices de aventuras. A medida que fueron creciendo cada uno siguió su destino. Se diferenciaron en cuanto a amistades, ocupaciones e intereses. Pronto pasaron esos pocos años y hoy no podían asegurar que se conocían. La convivencia de los hermanos había sido breve, pero el desconocimiento no fue el problema entre ellos. El amor estaba intacto, los recuerdos nítidos y protegidos de los cimbronazos de la vida, lo que no les permitió reafirmar el cariño fue la incomprensión, la aceptación del otro con las más impensadas diferencias, el querer que ese hermano fuera exactamente lo que recordaba de él y negarse a aceptarlo de otra manera, como si el tiempo se hubiese detenido el día que subió al barco. El pretender que con el reencuentro se borrasen décadas de exilio, sacrificios, miserias, alegrías, esperanzas, amores y decepciones era la actitud más egoísta y tozuda que se podría esperar de un hermano.

Alejandro se preguntó una y otra vez qué había pasado con aquel niño simpático y optimista que lo admiraba, qué vivencias lo habían marcado tan hondo para no poder ver más allá de su propia existencia.

Así fue como a la colección de fotos domingueras se sumó una nueva, en ella se ubicaban Alejandro y Claudio, en una posición central, junto a ellos a la izquierda dos mujeres con ropas elegantes, la cuñada y sobrina y a la derecha Julita, su hija mayor. Detrás de ellos, y a pesar de los tonos sepia, se veía un portal de fina madera enmarcando la toma fotográfica de inobjetable profesionalidad.

Claudio no aceptó la vida de su hermano, no podía comprender cómo se había adaptado a ese lugar, a las costumbres y a tantas carencias. Nunca regresó. Aquella visita había sido como un corto sueño que con el tiempo fue perdiendo detalles y hasta importancia para convertirse en una simple anécdota.

En ocasiones, recordaban la cara del hombre al ver cómo el hijo mayor de Alejandro atrapaba con su propia mano una anguila. Era similar a una serpiente y vivía en cuevas de barro cerca o dentro del agua. El visitante desconocía que eran inofensivas, aunque su apariencia intimidaba.

—¡Mire, don Claudio, esta es muy rica frita! –le gritaba mientras el animal se enroscaba en el antebrazo del muchacho.

En esa oportunidad fue tal el susto del hombre que poco faltó para que saltara de la canoa, no lo hizo solo por temor a encontrarse con otra anguila igual a esa dentro del agua.

Era una de las tantas bromas que habitualmente les hacían los niños a los visitantes.

El día de la partida la familia acompañó a Claudio hasta el muelle. Varios bultos se encontraban junto a la valija, eran algunas frutas, nueces y un jamón ahumado para la esposa e hija. Los hermanos se despidieron con un fuerte abrazo en el muelle mientras el lanchero cargaba el equipaje. Claudio se ubicó dentro de la lancha de espaldas a quienes lo despedían. Mientras se alejaba Alejandro sintió pena por ambos, por un encuentro que no fue lo que deseaba. En ese momento se prometió volver a visitarlo. Ahora conocía de sus planes, el lugar donde vivía y no perdería la oportunidad de poder conocer a ese hombre tan diferente al niño de sus recuerdos y que a pesar de todo seguía siendo su hermano.

20

Reencuentros

En la ribera opuesta, pocos metros aguas abajo, vivía un hombre nacido en las islas Canarias, por su origen lo apodaban El Canario.

El hombre tenía fama de pertenecer a una familia adinerada. Los chismes aseguraban que había huido de Europa con una parte de la fortuna abandonando a sus hijos y esposa. Las circunstancias que lo habían llevado a vivir solo en aquel lugar no se conocían realmente, pero la fantasía era acrecentada por el desconocimiento de su sustento.

Aquellos comentarios, varias décadas después, tuvieron su efecto lamentablemente atroz. El Canario desapareció tan misteriosamente como fue su vida. Se decía que habían estado vigilándolo dos hombres para robarle su dinero y que una vez que se hicieron del botín lo mataron y arrojaron al río. Se creía que su cuerpo había sido hundido con piedras, ya que nunca más se supo de él.

Antes de su fatal destino, El Canario solía visitar a los Fernández en contadas oportunidades, generalmente se llegaba en su bote a remos en busca de algunas naranjas o verduras.

Alejandro tenía un particular afecto por el viejo, nunca le dio credibilidad a los comentarios que circulaban, siempre lo consideró un buen hombre solitario, con grandes carencias como el afecto de una familia.

Cuando se aproximaba una tormenta, el viejo enloquecía y comenzaba a sacudir una tela blanca solicitando urgente ayuda. En esos días las hijas de Alejandro, cuyas edades no superaban la década, tomaban la canoa y remaban hasta la otra orilla. El Canario prefería subirse al bote con dos pequeñas niñas de tripulantes y cruzar a la isla de Alejandro, atravesando un fuerte oleaje, las sábanas como llamaban el romper de las olas, que quedarse solo en su casa. En ese único momento la soledad pesaba para él, surgía la desesperación y la insoportable necesidad de estar acompañado.

Las pequeñas, hábiles remando, se divertían haciéndole más tenebrosa la travesía, realizaban movimientos bruscos o comentarios que asustaban más al hombre.

—¡Cuidado, esa es la ola más alta que he visto! –Sonriendo Pilar le decía a su hermana mientras se movía en el asiento.

—¡Sí, es enorme! –le respondía riendo la otra.

Los comentarios de las niñas muchas veces provocaban tal temor en él que terminaba orinando sus pantalones.

Los vascos, a regañadientes, hospedaban durante las tormentas al vecino, haciendo lugar en una de sus habitaciones.

Mientras Alejandro estaba en la isla, las niñas y su madre a nada le temían. Muy distintas eran las tormentas durante las noches cuando quedaban solas porque Alejandro viajaba al pueblo para la compra de víveres, herramientas o por algún trámite impostergable. En aquellas ocasiones, el hijo mayor era el que quedaba a cargo de ellas y la casa. Nadie le había asignado dicha responsabilidad, él disfrutaba ocupando el cargo vacante transitoriamente.

Ya era un muchacho entrado en la adolescencia, ágil nadador y hábil en construir trampas para cazar animales como nutrias o carpinchos, pero inexperto en atrapar posibles merodeadores.

Tenía la ilusión de encontrar a quienes solían robar frutas, aves de corral o herramientas, para eso se ocultaba en lo alto de un árbol cercano a la casa y desde allí custodiaba toda la noche.

Las tormentas, en la época estival, eran abundantes y prolongadas. La lluvia copiosa junto al viento y los rayos sembraban terror en los ocupantes de la casa. No así para el muchacho al que no le importaba mojarse. En aquellas noches, las niñas, dormían apretadas junto a su madre, todas en una misma cama.

Afuera se desataba el peor de los desastres. Los rayos, algunos más cercanos que otros, caían en los carolinos más altos produciendo un sonido ensordecedor y provocando una brillante luminosidad en la oscuridad profunda de la isla.

Este joven centinela lo único que consiguió con su plan fue asustar aún más a sus hermanas por un supuesto intruso que no era más que un ciervo de los pantanos que asustado por la tormenta buscaba cobijo cerca de la vivienda.

Por esos días, los viajes de Alejandro al pueblo eran asiduos. Él debía consultar a médicos por varias dolencias que los años y el trabajo duro habían provocado.

Durante los viajes había vuelto a ver a Ana y halló en el esposo de esta a un buen hombre que supo ayudarlo y con quien retomó las entretenidas conversaciones que mantenía con don Aguirre en el patio de la casona.

Ella conservaba la belleza de su juventud, aunque con un evidente sobrepeso. Sus caderas y abdomen habían aumentado, pero continuaba siendo alegre, divertida y sin prejuicios.

El matrimonio solía invitar a Alejandro a almorzar o cenar en la casa paterna de Ana.

Fueron, como siempre los Aguirre habían sido, un apoyo necesario para Alejandro cuando su salud comenzó a debilitarse notablemente.

Ana lo contactó con un médico de su confianza, le conseguía los medicamentos que necesitaba, pero sobre todo lo alegraba.

Desde el nacimiento de su tercera hija había comenzado a sentir agotamiento, dolores lumbares y otras molestias a las que en un principio consideró pasajeras y luego como propias de un hombre de sesenta años.

Los crueles inviernos nunca lo habían acobardado como en el último año. Necesitaba que le hicieran masajes en la espalda con ungüento porque los dolores le resultaban insoportables. La copita de grapa que bebía en las mañanas muy heladas ahora era cotidiana ya no por el clima, pero sí por los malestares.

La familia no lo escuchó quejarse, aunque él tenía claro que debía poner en orden sus cosas.

La mayor preocupación era la educación de sus tres hijas, por lo que debió tomar la decisión más importante de su vida. La tutoría de las dos mayores la dejó en manos de familias a las que él consideraba de su confianza. Ellas contarían con apoyo económico de su padre, colaborarían en las tareas de la casa y a cambio estas personas les brindarían una buena educación en la ciudad enviándolas, por primera vez, a la escuela. Vivirían en lindas casas, pero lejos de la isla. Las arrancaría del lugar donde eran felices y libres para encerrarlas en extraños hogares. Aunque sus intenciones eran meritorias desencadenaron el final temprano y abrupto de esas infancias.

Esta idea había sido analizada desde hacía años cuando a la casa de sus amigos Galarreta llegó a vivir en forma permanente otro hermano, el mayor de los tres. Traía con él dos niñas. El hombre había tomado otro camino, muy distinto. Se había dedicado a la cría de ganado en el sur del país y allí en medio de la meseta patagónica, fría e inhóspita, conoció el amor. Una bella chilena con la que había tenido dos hijas de edades similares a las de Alejandro.

El matrimonio duró poco tiempo porque su esposa falleció, y quedó viudo con dos pequeñas niñas. A raíz de esta tragedia pidió cobijo a sus hermanos.

Las niñas no vivieron con ellos por mucho tiempo. Les aseguró una buena educación en una escuela de monjas en Buenos Aires, como pupilas. Ellas visitaban a su padre y tíos en las vacaciones de verano.

Secretamente Alejandro deseaba lo mismo para sus niñas, la vida salvaje alejada de la civilización no era suficiente para que en su futuro tuvieran las habilidades y el conocimiento que él mismo había tenido.

Sus decisiones no eran consultadas con nadie, aunque surgían como producto de un largo y consciente análisis.

A las niñas solo les dijo que iban de paseo, trató de que el alejamiento fuera lo más simple y natural posible. El día en que ellas se marcharon, Alejandro sintió un desgarro interno, sabía que era el inicio de la despedida, una despedida que no podía evitar, un sufrimiento al que ellas deberían acudir. Sería una experiencia que las marcaría por siempre. Un dolor que él trataba de mitigar, haciéndolo paulatino.

Las intenciones fueron las mejores dentro de sus posibilidades. Él trató de darles una buena educación, pero nunca sabría que a pesar de todos los planes aquella decisión se convertiría en una pesadilla para sus hijas porque no dependía de él, sino de los propósitos e intereses de personas deshonestas, falsas y abusivas que simulaban ser honradas y morales ante la sociedad. Solo era una pantalla para disimular sórdidos secretos familiares y Alejandro no fue, seguramente, el único engañado en la buena fe.

A quien no se le escapó lo que le sucedía a Alejandro fue a doña Nélida, su suegra. Cuando sus tiradas de cartas indicaron en varias oportunidades la enfermedad del hombre, sorpresivamente, organizó el viaje y llegó de visita.

Ella bajó de la canoa empujando la mano que se tendía para ayudarla. Los perros corrieron ladrando, pero al llegar cerca la reconocieron y se tranquilizaron. Apenas logró descender acarició la cabeza de un pastor alemán color beige.

De baja estatura, robusta, aunque no gorda, pelo negro, vestía ropas oscuras, y la acompañaba su segundo marido también de procedencia griega.

Llegaron cuando el sol descendía y los insectos comenzaban a molestar.

—¡Good evening! –gritó desde el muelle mientras introducía un puro en su pequeña boca.

—Hola, mamá –dijo asombrada Ángela acercándose por la senda, siguiendo a los perros.

Doña Nélida no hacía visitas prolongadas, pero su presencia era buena para Ángela, conversaban y reían juntas. Era prácticamente un paso de comedia cuando obligaba a su hija a repetir palabras en inglés.

Ángela no tenía muchas amistades y ahora con la partida de dos de sus hijas se sentía triste porque revivía ese desgarro ya conocido, había quedado solo la menor de las niñas. El destino se encargaba de hacerla vivir nuevamente la pérdida, no era la primera vez que pasaba por lo mismo, pero sí tenía las mismas emociones, la tristeza fundida con la ira. Se consolaba pensando que las niñas vendrían de visita, por eso cada vez que escuchaba una lancha aproximarse al muelle pensaba que eran ellas, hasta escuchaba sus gritos, peleando o riendo por las picardías de siempre.

La presencia de su madre fue muy importante justamente en ese momento, pero no solo para ella, sino también para Alejandro.

Si bien doña Nélida y Alejandro nunca hablaron abiertamente de su enfermedad, la mujer pudo comprender que las acciones que había tomado con respecto a sus nietas eran como consecuencia de ella.

Alejandro se sintió acompañado por la mujer que incluso se atrevió, por primera vez, a darle consejos y ofrecerle su apoyo.

21

La despedida

Al hacer un repaso de sus primeros tiempos viviendo en este lado del mundo, podía verse tan extraño y desesperado como el ballenato que buscaba el mar nadando contra la corriente en aguas dulces, frente a sus tierras. Todo había sido un gran circo, hombres con sus botes y remos, gritos, indicaciones, curiosos observando, intentaban que el animal girara y nadara aguas abajo. Los esfuerzos del ballenato por salir de la situación en que se encontraba lo llevaban a alejarse más de su origen.

Tantas veces había pasado por lo mismo que ya no se lo cuestionaba. Así fue como cada inundación lo llevaba a recomenzar, su amada isla lo empujaba a irse, sin embargo, seguía firme y dispuesto a volver a empezar.

La vida lo había situado en ese lugar y él puso todo para no defraudarla, o tal vez, fue solo orgullo por no dejarse vencer.

En el mismo sector de internación del hospital en el que una vez supo estar Francisco, ahora dormitaba Alejandro. La cama alta de hierro pintado de blanco se encontraba cerca de la puerta de la habitación. Las sábanas blancas y una fina frazada cubrían su delgado cuerpo. Tenía colocada una máscara y el tubo a un lado de la cama abastecía de oxígeno el dispositivo.

Por momentos olvidaba dónde se encontraba y entre sueños creía estar en su habitación durmiendo una siesta. Incluso escuchaba los pájaros y el susurro de las hojas de los árboles al mecerse con el viento.

Si alguna de las enfermeras entraba abruptamente, despertaba, entreabría los ojos y los volvía a cerrar como no queriendo tomar conciencia de la situación que le tocaba vivir.

Compartía el lugar con otros enfermos. Durante la noche se escuchaba el quejido de uno de ellos que atravesaba la etapa final. Era desgarrador para el moribundo, pero más aún para los demás que percibían que el final se encontraba cerca.

Algunos días su estado físico parecía mejorar para luego volver a recaer.

Los amigos de siempre, los vascos se turnaban en las visitas, ya que solía quedar alguno de ellos en la isla, cuidando también de una parte de la familia de Alejandro.

Los médicos ya habían informado sobre la situación terminal en la que Alejandro se encontraba, por lo que Secundino se encargó de retirar a las dos niñas mayores de los sitios en que vivían.

La última en visitarlo fue la segunda de sus hijas, Pilarcita, como a él le gustaba llamarla.

Calladamente había estado esperándola. La niña al verlo notablemente desmejorado comenzó a llorar como percibiendo la separación definitiva de aquel hombre fuerte e indestructible que siempre había sido para ella.

—¿Por qué lloras, Pilarcita?

La pequeña de diez años disimuló, bajando la cabeza.

—Porque no le va bien en la escuela –intervino Secundino, quien miró fijamente a la niña para evitar una expresión en contrario.

—No llores por eso, ya mejorarás –le dijo su padre con la voz entrecortada, regalándole una sonrisa que implicaba un gran esfuerzo para su condición.

—Prométeme que terminarás la escuela, Pilarcita.

—Sí, te lo prometo, papá –le respondió suavemente, conteniendo el llanto.

El cáncer que lo afectaba desde hacía demasiado tiempo había cambiado el color de su rostro y debilitado su cuerpo.

Cuando conversó por última vez con sus amigos, hizo planes para su vuelta a la isla, sobre la educación de sus hijas y el almuerzo de fin de año. No recordaba que hacía días ya había comenzado el nuevo año.

Había anclado a mitad de camino, entre la realidad y la alucinación, quizás para protegerse, tal vez porque la vida así lo disponía o ya no deseaba tomar verdadera conciencia de su partida. Entre sueños y realidad recordó su infancia, la familia de España, los amigos, amores y sus entrañables hijas. Rememoró las alegrías y tristezas que lo condujeron a este momento, el de la despedida definitiva, el del adiós permanente.

El último día de su estadía en este mundo ya no abrió los ojos, no habló, no se quejó de los fuertes dolores que hacían vibrar sus entrañas. Todos esperaban el momento final, rogando que su sufrimiento se detuviera.

Ángela, junto a otros familiares, se encontraba en el pasillo, sentada en un banco de madera, muy cerca de la puerta de ingreso a la sala de terapia intensiva.

Sin saber por qué todos se vieron asombrados por los gritos de la mujer reclamando que la llevaran a la isla, pues no entendía qué hacía allí. Los días previos habían sido demasiado tensos para ella.

Al escuchar los gritos, las enfermeras corrieron de inmediato y, sin otra opción, debieron aplicarle un sedante. Las hermanas la trataban de convencer que ya salían para la isla, que esperaban que la lancha llegara al puerto. Todo era una locura, discutían, hacían comentarios, se contradecían. Al ser observados desde lejos se llegaba a la conclusión de que todos habían entrado en colapso. Las enfermeras pedían silencio y respeto para los pacientes. Poco faltó para que fueran expulsados del hospital.

Mientras tanto Alejandro, abrió los ojos que desesperados buscaban explicación a lo que estaba por ocurrir, exhaló, los cerró y con ellos se apagó definitivamente su vida, la madrugada del 15 de enero de 1958.

En forma calmada, sencilla, sin reproches ni lamentos murió Alejandro, un hombre que, desde la simpleza, con voluntad, trabajo y mucho coraje supo honrar su destino.

Todo había terminado para cuando llegó su hermano Claudio, quien al verlo en el ataúd lo tomó de las solapas del viejo saco que vestía y lo sacudió fuertemente intentando cambiar lo sucedido. Quedó en evidencia la desesperación de un egoísta que solo pensó en él y no en la necesidad de un hermano que lo amaba por ser eso, su hermano, no por sus ropas o estilo de vida. La desesperación de quien tarde se dio cuenta de que nada podía hacer para volver el tiempo atrás y disfrutar de las cosas simples, de un gesto, una palabra o una mirada de complicidad, como cuando eran pequeños.

Antes de finalizar el sepelio, Claudio se despidió del hermano y desapareció entre las tinieblas de la vida. Nunca más se supo de él, ni aun con su hermano muerto se preocupó por las sobrinas o cuñada.

Las niñas quedaron impresionadas por los gritos desgarradores y desconsolados, pero aquella demostración de tristeza nunca tuvo su correlato con la realidad, porque tal vez solo se trató de una puesta en escena.

Ana no tuvo la fuerza de verlo partir, mucho tiempo antes ya se habían despedido, cuando él todavía podía visitarla. Esa tarde, la última que compartieron, Ana lo acompañó como siempre hasta la puerta de calle y allí, a solas, Alejandro pudo confesarle sobre la declaración de amor y la propuesta de matrimonio que décadas atrás le había escrito. Los ojos de ambos se llenaron de lágrimas. Conversaron e imaginaron sobre lo que hubiera podido ser y no fue. Entre fantasías, melancolía y bromas Ana lo besó. Sus labios carnosos se unieron a los de él con firmeza. El abdomen de ella oprimió la delgadez de Alejandro. Fue un beso apasionado cargado de años de abstinencia. Se abrazaron por unos instantes y volvieron a besarse. Parecían dos adolescentes regalándose amor en la oscuridad cómplice de un zaguán.

Él quedó aún más sorprendido ante la confesión de Ana:

—Mucho tiempo te esperé, pero pensé que no te interesaba.

Ángela se despidió de él como cuando iniciaba un viaje al pueblo, muchos consideraron que ella ya no era consciente de lo que pasaba a su alrededor. Por eso el dolor fue intenso e incomprensible cuando él no volvió a la isla, primero pensó que la había abandonado y descargaba su furia con insultos hacia él. Con el paso de los meses los vascos pudieron explicarle lo sucedido de a poco, con mucha paciencia. Ellos creían firmemente que Ángela sabía muy bien la verdad, pero se negaba a aceptarla.

En la isla se notó su ausencia, el abandono invadió cada rincón como los pastizales cubriéndolo todo. La casa con el paso del tiempo y las inundaciones desapareció, El tiempo implacable borró todo vestigio de una vida allí. Los únicos sobrevivientes fueron los árboles que él plantó, ellos continuaron por años regalando sus frutos a los visitantes desprevenidos, como testigos indiscutibles del paso de un gran hombre.

Ángela y su hija menor vivieron con los vascos por algunos pocos años hasta que la niña también se marchó.

Su esposa nunca volvió a casarse, el deterioro mental fue incrementándose con los años.

Hoy muchas décadas han pasado y algún lugareño todavía recuerda al "jardín del Talavera" y al gallego que solo, sin ayuda, lo había forjado.

No es raro ver por allí un bote a motor anclado en la orilla o alguna fogata encendida en la playa asando un dorado, un surubí o una boga. En esas ocasiones descienden los pescadores e inspeccionan los alrededores y entre pastizales encuentran con sorpresa algún viejo naranjo que ha sobrevivido al abandono, degustan una jugosa fruta mientras se preguntan cómo habrá sido aquel sitio años atrás y hasta fantasean con una vida en aquel cautivante entorno.

Aún quedan unos pocos testigos de la vida de los inmigrantes en tierras tan bondadosas como mezquinas y es posible que entre copa y copa les cuenten a los curiosos sobre los sitios con mayor pique y por supuesto dentro del relato nunca se excluye al "jardín del Talavera".

Es posible que algún pescador perdido o un marino que recorre durante la noche la cubierta de un buque carguero relaten haber visto en aquella misma orilla, abandonada y salvaje, la silueta difusa de un hombre alto y delgado, disfrutando de un cigarro mientras contempla la luna.

22

En la casa del barranco

La tibieza del sol había disuelto la escarcha durante las primeras horas de la mañana y ya cerca del mediodía, para cuando el frío había amainado, el cortejo se acercaba a las puertas del cementerio. Altos cipreses eran los guardianes del lugar. Murallas pintadas de blanco de baja altura y algo derruidas permitían ver cientos de lápidas en su interior.

Uno de los encargados del cementerio abrió el portal de doble hoja, entonces ingresó el coche fúnebre que se detuvo en el interior, aguardando a familiares y amigos. Varias personas, vestidas con ropas de colores oscuros y con evidente melancolía, caminaron detrás del féretro hasta el lugar indicado para el perpetuo descanso de la anciana.

Hacía tan solo unos días habían estado reunidos en la casona del barranco recreando historias de su juventud. Recordaba a doña Paulina radiante, con sus mejillas rosadas, compenetrada en el relato vívido de su pasado. En aquella oportunidad el oficial Suárez la visitó junto a su esposa, compartieron la cena y luego un café en la sala. Rieron a carcajadas y la anciana llegó a cantar parte de una milonga acompañada por algunos acordes del piano.

Inés lo llamó unos días después de aquel encuentro e inmediatamente, por el tono de voz de la mujer, supo que Paulina había muerto. Su partida fue en calma, se recostó en la cama durante la siesta, sentía demasiado frío y no había manta ni calefacción que la reconfortara. Inés, preocupada, llamó a su médico sospechando una gripe, que a su edad podía ser mortal.

Paulina ya había fallecido para cuando el doctor llegó a la casa. Si bien era predecible el desenlace por su avanzada edad y algunas dificultades de salud, para la hija fue inesperado. Tantos años juntas, compartiendo cada momento, cuidándose mutuamente, llegaban a su fin. Ya nunca más se escucharían sus quejas, reclamos o el recitado de algún poema o la letra de un tango.

Allí, en el cementerio, junto a Inés estaban muchos de los familiares que nunca llamaban para preguntar por la anciana, aunque ahora lucían compungidos y hasta desolados.

No faltaron los cuchicheos sobre el destino de la hija:

—Pobrecita, Inés, ¿qué será de ella ahora?

—Primero perdió a su marido y ahora a la madre. ¡Qué tragedia! –agregaban.

En el último año Paulina y el oficial habían cultivado una hermosa amistad. Para ella esta visita semanal era lo más importante, se vestía para la ocasión, preparaban con su hija alguna comida o colación para agasajarlo y por supuesto siempre tenía diagramado en una hoja los temas que deseaba conversar con Suárez, sobre la vida de Alejandro.

Cada relato estaba lleno de detalles e intriga que lo hacían sentir como un niño esperando el próximo capítulo de un cuento de misterio.

Doña Paulina había compartido con él parte de sus últimos días de vida y también le había regalado parte de su pasado.

Hacía unas semanas la historia que tanto interesaba al oficial Suárez había llegado a su fin y sin saberlo, y menos sospecharlo, con él también se apagaba la vida de doña Paulina. Todos esos meses el relato había constituido la misión de la dama, la obligación de contar esa historia para que no quede en el olvido. Ese fue su motivo para despertar en las mañanas, la razón para seguir viviendo.

Cuando Paulina fue colocada dentro del nicho familiar, Inés se desvaneció. Suárez la tomó del brazo y junto a su esposa la acompañaron hasta el portón de salida. Varios familiares se ofrecieron a llevarla. Finalmente, Inés subió a unos de los coches y se marchó.

Suárez pasaba periódicamente, desde aquel día, por la puerta de la casona de Paulina camino a su trabajo. Siempre tenía intenciones de bajar y visitar a Inés, pero lo entristecía la ausencia de la anciana. Unos meses después del sepelio lo sorprendió ver el cartel de venta que colgaba en la verja de la casona.

Bajó de su auto y sin pensarlo llegó a la puerta y llamó. Varios minutos después lo atendió Inés algo desalineada.

—Buen día, Inés, ¿cómo está usted?

—Buen día. Bien, señor Suárez, tratando de superarlo. No es fácil, la extraño mucho.

—Yo también –dijo Suárez con tristeza.

—¿Le parece bien que uno de estos días pase a visitarla? –notó que su decisión de llamar a la puerta no había sido oportuna, era evidente que la mujer había salido recién de su cama.

—Me gustaría mucho –respondió Inés.

Luego de pocos días el oficial recibió una llamada de su amiga. En ella le pedía que ese mismo día se llegara hasta la casa, ya que entre las anotaciones de su madre había encontrado un sobre con el nombre del oficial escrito a lápiz en un extremo.

Suárez se presentó en la casona del barranco esa tarde, volvía a surgir en él la intriga que Paulina siempre despertaba con sus relatos.

Se encontró a sí mismo sentado nuevamente en la sala junto al patio trasero, esa misma en la que había tenido largas conversaciones con las mujeres.

La ausencia de Paulina era más notoria allí. Por un momento escuchó su voz y hasta sintió su presencia. Era como si las paredes y el mobiliario guardaran parte de ella.

Ambos conversaron recordando a Paulina, rieron reproduciendo sus comentarios cuando se enojaba y se emocionaron por la sabiduría de sus reflexiones.

Antes que Inés saliera de la sala hacia la cocina, dejó cerca de él la carta. Suárez se acomodó en un sillón junto a la ventana.

Cuando abrió el sobre con su nombre escrito en el anverso, encontró un trozo de papel ajado y amarillento delatando el pasado del tiempo. Desplegó el papel con sumo cuidado, lo apoyó sobre una pequeña mesa a su lado y con la palma de la mano intentó plancharlo para que las letras que se ocultaban en el doblez fueran visibles, asegurando así la comprensión del texto. La caligrafía era elegante, con estilo y buena ortografía. Cuando comenzó a leerla descubrió que no se encontraba dirigida a él como había supuesto, sino a una mujer. Se sintió intruso, pero la curiosidad y la confianza de su amiga le permitieron continuar.

Se trataba de una esquela con pocas líneas, aún legibles.

La leyó cuidadosamente, esperando encontrar en ella palabras de doña Paulina hacia él o la letra de un poema que a modo de mensaje había dejado su amiga como consuelo por su partida. La antigüedad del papel, su color ocre e incluso la tinta empleada lo confundían.

Querida Ana:

Espero que al recibir estas líneas se encuentre bien al igual que sus padres.

Hace varios días que deseo hablar con usted, pero problemas en la isla me lo impiden.

Como la situación por aquí no cambia me he atrevido a enviarle esta carta, pues deseo que conozca mis sentimientos.

Desde el día en que la vi por primera vez en la plaza no he dejado de pensar en usted. Me agrada pasar tiempo en su compañía y la extraño cuando no la veo.

Le aseguro que mis sentimientos son sinceros y profundos, por eso me gustaría que considere la posibilidad de casarse conmigo.

La quiere.

Alejandro

Inés regresó a la habitación para cuando Suárez había releído la carta. Colocó la bandeja con unos bocadillos y un vaso de cerveza para cada uno en la pequeña mesa cerca de ellos.

—¿Qué le pareció? –le consultó.

Ella ya la había leído algún tiempo atrás, cuando el oficial Suárez comenzó con sus visitas.

—¡Estoy asombrado y confundido! –respondió de inmediato.

Si bien la carta no tenía fecha supo inmediatamente a qué época correspondía y conocía perfectamente las vidas de las dos personas allí mencionadas. Lo que no sabía ni comprendía era cómo había terminado en manos de Paulina.

—¿Cómo es posible que esta carta aún exista? ¿Cómo llegó a ella? –preguntaba con entusiasmo Suárez.

—Mi madre le ha ocultado un dato importante sobre aquella historia.

—¿Cuál es? –la interrogó con ansiedad.

—Ana fue una gran amiga de mi madre y cuando ambas enviudaron la amistad se intensificó. Desde pequeña la recuerdo a la tía Ana, como la llamábamos en mi casa, en los cumpleaños, en todos los festejos, pero también en los momentos tristes como cuando mi padre falleció.

Realizó un breve silencio, respiró con fuerza y exhaló suavemente.

—Mi madre fue quien la cuidó durante su enfermedad y la hospedó aquí mismo, en esta casa –agregó.

Las preguntas se anudaban en su garganta, pero no había demasiadas respuestas, Inés no las tenía. Lo único que sí pudo contarle es que luego de la muerte de Alejandro, Ana hizo lo posible e imposible para encontrarse con aquella carta como si el hecho de tenerla bastara para cambiarlo todo.

—El sobre que contenía la carta apareció dentro de una caja de recuerdos cuando Ana falleció. Mi madre decidió conservarla porque sabía la importancia que había tenido para su amiga.

Esa carta humilde, sencilla y directa quedó guardada y atesorada hasta que el oficial llamó a la puerta de la casa del barranco, interesado en encontrar a un hombre que había muerto varias décadas atrás, pero la fuerza con la que había vivido y sus pasiones aún se reflejaban en la actualidad, en su amada isla, en ese pedazo de tierra junto al río Talavera.

Índice

Libro editado por

Editorial Autores de Argentina